柳林风声

[英] 约翰·伯宁罕◉绘

柳林风声

[英] 肯尼斯·格雷厄姆◉著　　　杨静远◉译

北京联合出版公司
Beijing United Publishing Co.,Ltd.

图书在版编目（CIP）数据

　　柳林风声／（英）肯尼斯·格雷厄姆著 ；（英）约翰·
伯宁罕绘 ；杨静远译 . — 北京 ：北京联合出版公司，
2022.4
　　ISBN 978-7-5596-5851-7

　　Ⅰ . ①柳… Ⅱ . ①肯… ②约… ③杨… Ⅲ . ①童话-
英国-现代 Ⅳ . ① I561.88

　　中国版本图书馆 CIP 数据核字 (2022) 第 017760 号

The Wind in the Willows
Written by Kenneth Grahame and illustrated by John Burningham
First published in Great Britain in the English language by Penguin Books Ltd.
Simplified Chinese translation copyright © 2022 by Beijing Tianlue Books Co., Ltd.
ALL RIGHTS RESERVED
封底凡无企鹅防伪标识者均属未经授权之非法版本。

柳林风声

著　　者：[英]肯尼斯·格雷厄姆
绘　　者：[英]约翰·伯宁罕
译　　者：杨静远
出 品 人：赵红仕
选题策划：北京天略图书有限公司
责任编辑：徐　鹏
特约编辑：杨　娟
责任校对：罗盈莹
美术编辑：刘晓红

北京联合出版公司出版
（北京市西城区德外大街 83 号楼 9 层　　100088）
北京联合天畅文化传播公司发行
北京盛通印刷股份有限公司印刷　　新华书店经销
字数 143 千字　　787 毫米 ×1092 毫米　　1/16　　13.5 印张
2022 年 4 月第 1 版　　2022 年 4 月第 1 次印刷
ISBN 978-7-5596-5851-7
定价：59.00 元

目录

译者前言

译者前言

在苏格兰首府爱丁堡蜡像馆的一间虚构文学厅里，陈列着一组四只可爱的小动物塑像——鼹鼠、河鼠、蟾蜍和獾。他们是童话《柳林风声》的四位主人公。和他们做伴的，有"金银岛"的孩子们、小姑娘爱丽丝和扑克牌公爵夫人、彼得·潘和凶恶的海盗胡克、彼得兔等著名童话人物。由此可以看到，英国儿童文学中一些传世名作，都出自苏格兰作家之手：刘易斯·卡罗尔（《爱丽丝漫游奇境记》，1865），罗伯特·史蒂文生（《金银岛》，1883），詹姆斯·巴里（《彼得·潘》，1904），肯尼斯·格雷厄姆（《柳林风声》，1908），也许还可以加上柯南·道尔（《福尔摩斯探案》，1891），这是否与苏格兰人富于想象、童心永驻的性格有关？

近年，一种颇为一致的意见认为，从19世纪中期到第一次世界大战前的数十年，是英国儿童文学百花争妍的黄金时代。它以《爱丽丝漫游奇境记》始，以《柳林风声》终。这个估价，很可以说明《柳林风声》在文学史上的地位。

故事虽不离奇但很有趣。在风光旖旎的泰晤士河畔，住着四个要好的朋友——憨厚的鼹鼠、机灵的河鼠、狂妄自大的蟾蜍、老成持重的獾。他们竟日游山逛水，尽享大自然的慷慨恩赐。财大气粗而又不知天高地厚的蟾蜍，迷上了开汽车，车祸不断，受到朋友们的责难和管束。一次，他偷了一辆汽车，被捕入狱，在狱卒女儿的帮助下，化装成洗衣妇逃出监狱，历经险情和磨难，在三位朋友的帮助下，夺回了被野林动物侵占的庄园，并从此改邪归正。

和《爱丽丝漫游奇境记》相仿，《柳林风声》最初也是一个大人为一个孩子在游戏中编造的故事，一部无心插柳的杰作。作者肯尼斯·格雷厄姆1859年生于爱丁堡，五岁丧母，九岁随父迁居伦敦以西的伯克郡。在泰晤士河畔库克安沙丘度过的如梦的童年，为他日后的文学创作提供了无尽的灵感源泉。成年后，他供职于伦敦的英国银行，并在业余从事文学活动，写散文、小说，参与莎士比亚、雪莱、济慈等协会的工作。他广交当时云集伦敦的文化界名流，生活在浓郁而高雅的文化氛围里。但大都会的繁华、待遇优厚的高级职员生活，从来没有冲淡他对宁静田园的眷恋，一有机会他就远离尘嚣，返回乡土。他结婚时年已四十，有一子。迟来的父爱，使他把儿子当作心灵的知己。从孩子四岁起，他每晚必为孩子讲一小段动物故事，让孩子带着甜美的幻想入梦。最初，故事的主人公是一只蟾蜍。一天，他在野外捉到一只鼹鼠，带回家来，要给孩子做礼物，不料鼹鼠误被女仆打死。女仆为自己无心的过失很难过，力劝主人用故事的形式给孩子创造一只永远不死的活生生的鼹鼠，伴随孩子一同长大。于是故事里又多了一只鼹鼠，后来又添了两名成员：河鼠和獾。日复一日，孩子听得入了迷，父亲讲得上了瘾。在孩子去海滨度假时，父亲连续给他写信，接茬讲蟾蜍的历险故事。这些信，后来就成了《柳林风声》的蓝本。

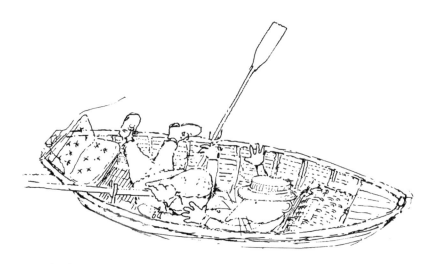

　　在《柳林风声》之前,格雷厄姆已出过几本散文集和小说,享誉大西洋两岸。美国一出版者鉴于他的《异教杂文》(1893)、《黄金时代》(1895)、《女首领》(1898)和《梦幻岁月》(1898)等在美国备受读者欢迎,特约他写续篇,于是在辍笔十年后,他写了童话《柳林风声》。这本完全撇开过去以写儿童生活为主的家庭故事,转而写拟人化动物的故事,出版者感到失望,未接受出版。等到《柳林风声》在英国出版并大获成功后,这位出版者追悔莫及。当时的美国总统西奥多·罗斯福,也是格雷厄姆作品的热心读者,听说新出的是一本说人话的动物幻想故事,便不屑一读,因为他认为,把动物和人混淆起来,既是糟糕的文学作品,也是糟糕的科学作品。但一次他偶然听见夫人给孩子们朗读这本书,立刻被吸引住了,拿过来连读了三遍。他给作者写信盛赞这本书,说书中的"人物"都成了他全家最好的朋友。

　　格雷厄姆在用故事哄幼小的儿子时,并没有出书的打算,等到他认真动起笔来,那抑制不住汹涌如潮的创作冲动和艺术灵感，使他由慈父一变而为严肃的作家。简单的口述动物故事变成了货真价实的文学作品——动物小说。

虽然他曾矢口否认这本童话包含有任何题外的用意，但评论者认为，它内在地体现和发挥了与他过去作品一脉相承的对世界、人生、社会、儿童教育、文学创作等的思考，反映了他内心的矛盾冲突和反思。作者运用了复杂的文艺工具，创造出一个多层的构件。它像一个玲珑剔透的象牙球。最表层是奥德赛式或吉尔·布拉斯式的流浪汉历险故事；往里，可以看到生动的性格刻画，机敏的戏剧性对话，如诗如画的风物描绘；再往里，便可隐隐窥见涉及人与大自然、人与动物、人与社会之间多重关系的哲理思辨。因而它能够满足不同年龄和文化层次读者的审美需求，成为一本读者面很广的小说。

书中的主人公，四个拟人化的动物，其拟人的程度远超过其他一些动物童话。他们虽多少具有各自的动物特性，但更多的是具有人的性格特色。他们其实是世纪之交的英国乡绅阶层人物，而且全都是"快乐的单身汉"，组成一个"独身者俱乐部"，故事里也有人，但都是配角，多半是讽刺的对象。不过，表面上是写动物，实际上还是写人。作者赋予动物以人的本质，使他们按人的思维方式和生活习惯进行交谈和活动，想象力比其他动物童话作家更大胆，例如，女作家比特克斯·波特的彼得兔偷的是蔬菜，而蟾蜍偷的是汽车。但《柳林风声》又绝不同于以明显的社会讽喻为目的的《伊索寓言》或《拉封丹寓言》。它的动物不是概念化的，而是有血肉有思想感情的人性化（anthropomorphized）动物，形象丰满而有立体感，这便使故事更具声色和可读性。这一切，使得《柳林风声》超出了动物童话的界限，成为独具一格的"动物小说"。

《柳林风声》虽然没有早期儿童文学中可厌的道德说教气，但也离不开作者本人的价值观，简言之，就是维多利亚晚期英国中产阶级传统的道德观。有些评论者认为，作者在艺术上是创新的，在政治上是保守的。四只动物都是拥有资财、生活稳定的乡村有产者，无须靠劳动谋生，过着悠闲自在的游乐生活。浅表的道德主题很简单：朋友间真挚无私的互助友爱。然而更深一层，可以看到一个潜在的更大的主题：大自然与生灵万物息息相通的依存关系。比起人类，动物更接近大自然。过度的文明，使人类疏离了大自然，感觉变得迟钝，而动物则保持对大自然的高度感应，捕捉到她的细微信息，顺应她无处不在的"召唤"。

　　在格雷厄姆生活的时代，西方工业化的进展还没有达到严重破坏生态平衡的程度，没有引起人类对保护地球环境和危机感的关注。因此我们不能说，作者当时具有当代绿色和平主义的超前意识。但英国人所惯有的对大自然和野生动植物的情有独钟，如一根红线贯穿全书。在那些可爱的小动物在大地上几近绝迹的今天，读着这本书，不由得使我们感到，它在向我们倾诉一种朦胧、朴素、不自觉的环保呼声，不是用枯燥的数字，而是用诗一般的语言，用爱心和真情。

　　格雷厄姆把《柳林风声》作为对儿童的赠礼，不是偶然的，他对儿童教育和儿童文学有一贯的见地。他认为，现代的少儿教育过于偏重理性、科学、实用，忽视想象力的培育和启迪。他曾对一位来访的美国教授说过一番话，大意是：人类最珍贵的财富是世界的奇妙（Wonderment）。随着年龄的增长，这种奇妙感便消失了。成年人的世界是死气沉沉、枯燥乏味的，只有孩子，才是在一个令人厌倦世界里唯一真正活着的人。他要使孩子意识到这种奇妙的可贵，激发他们的想象力，使他们与大自然认同，感受到自然和家庭的温暖。孩子的精神处于紧张和压力下时，需要保有一个心中的"秘密花园"。通过密切接触自然、有趣的历险和激动人心的书，孩子的想象力能获得营养，成年后用以抵御日常工作和生活的平淡刻板和物欲野心的侵袭，回到那个独自的精神世界去获得心灵的复苏。格雷厄姆的这种看法，是针对当时流行的一种社会观念。在20世纪，家长、老师们都认定，必须引导孩子们进入一个现实的、理性的世界。童话、神话等虚构的谎言使孩子误入迷途，想象文学导致有害的白日梦。一些现实主义作家也持类似观点。但另一些作家则主张，应对儿童施以创造的教育，而不是传统的教化，使他们少受日常现实、清规戒律、宗教观念的束缚。史蒂文生、德拉梅尔、巴里、马克·吐温、吉卜林、波特等也都强调探险、幻想、纯想象的愉悦作用，否认幻想对孩子心智的危害。但格雷厄姆则进一步阐明，大自然、梦幻、往事回忆，如同美食和睡眠之于身体健康，只会强化孩子的心智，对他们的健康成长有必不可少的良性作用。反之，剥夺孩子接触幻想文学的机会，才真正对他们有害，使他们可能长大成为灵魂鄙俗的庸人。这是格雷厄姆对儿童文学独有的见地，也是他独有的贡献。

1

河岸

整个上午，鼹鼠都在勤奋地干活，为他小小的家做春季大扫除。先用扫帚扫，再用掸子掸，然后登上梯子、椅子什么的，拿着刷子，提着灰浆桶刷墙，直干到灰尘呛了嗓子，迷了眼，全身乌黑的毛皮溅满了白灰浆，腰也酸了，臂也痛了。春天的气息，在他头上的天空里吹拂，在他脚下的泥土里游动，在他四周飘荡。春天那奇妙的追求、渴望的精神，甚至钻进了他那阴暗低矮的小屋。怪不得他猛地把刷子往地上一扔，嚷道："烦死人了！去它的！什么春季大扫除，见它的鬼去吧！"连大衣也没顾上穿，就冲出家门了。上面有种力量在急切地召唤他，于是他向着陡峭的地道奔去。这地道，直通地面上的碎石子大车道，而这车道是属于那些住在通风向阳的居室里的动物的。鼹鼠又掏又挠又爬又挤，又挤又爬又挠又掏，小爪子忙个不停，嘴里还不住地念念叨叨："咱们上去喽！咱们上去喽！"末了，噗的一声，他的鼻尖钻出了地面，伸到了阳光里，跟着，身子就在一块大草坪暖暖的软草里打起滚儿来。

"太棒了！"他自言自语地说，"可比刷墙有意思！"太阳晒在他的毛皮上，暖烘烘的，微风轻抚着他发热的额头。在洞穴里蛰居了那么久，听觉都变得迟钝了，连小鸟欢快的鸣唱，听起来都跟大声喊叫一样。生活的欢乐，春天的愉悦，又加上免了大扫除的麻烦，他乐得纵身一跳，腾起四脚向前飞跑，横穿草坪，一直跑到草坪尽头的篱笆前。

"站住！"篱笆豁口处，一只老兔子喝道，"通过私人道路，得交六便士！"

鼹鼠很不耐烦，态度傲慢，根本没把老兔子放在眼里，一时倒把老兔子弄得不知如何是好。鼹鼠顺着篱笆一溜小跑，一边还逗弄着别的兔子，他们一个个从洞口探头窥看，想知道外面到底吵些什么。"蠢货！蠢货！"他嘲笑说，不等他们想出一句解气的话来回敬他，就一溜烟跑得没影儿了。这一来，兔子们七嘴八舌互相埋怨起来："瞧你多蠢，干吗不对他说……""哼，那你干吗不说……""你该警告他……"诸如此类，照例总是这一套。当然喽，照例总是——太晚啦。

一切都那么美好，好得简直不像是真的。他跑过一片又一片的草坪，沿着矮树篱，穿过灌木丛，匆匆地游逛。处处都看到鸟儿做窝筑巢，花儿含苞待放，叶儿挤挤攘攘——万物都显得快乐、忙碌、奋进。他听不到良心在耳边嘀咕："刷墙！"只觉得，在一大群忙忙碌碌的公民当中，做唯一的一条懒狗，是多么惬意。看来，休假最舒心的方面，还不是自己得到休憩，而是看到别人都在忙着干活。

他漫无目的地闲逛着，忽然来到一条水流丰盈的大河边，他觉得真是快乐绝顶了。他这辈子还从来没有见过一条河哩！这只光光滑滑、蜿蜿蜒蜒、身躯庞大的动物，不停地追逐，轻轻地欢笑。它每抓住什么，就咯咯地笑，把它们扔掉时，又哈哈大笑，转过来又扑向新的玩伴。它们挣扎着甩开了它，可到底还是被它逮住，抓牢了。它浑身颤动，晶光闪闪，沸沸扬扬，吐着漩涡，冒着泡沫，喋喋不休地唠叨个没完。这景象，简直把鼹鼠看呆了，他心驰神迷，像着了魔似的。他沿着河边，迈着小碎步跑，像个小娃娃紧跟在大人身边，听他讲惊险故事，听得入了迷似的。他终于跑累了，在岸边坐了下来。可那河还是一个劲儿向他娓娓而谈，它讲的是世间最好听的故事。这些故事发自内心深处，一路讲下去，最终要向那听个没够的大海倾诉。

他坐在草地上，朝着河那边张望时，忽见对岸有个黑黑的洞口，恰好在水面上边。他出神地想，要是一只动物要求不过于奢侈，只想有一处小巧玲珑的河边住宅，涨潮时淹不着，又远离尘嚣，这个住所倒是蛮舒适的。他正呆呆地凝望，忽然觉得，那洞穴的中央有个亮晶晶的小东西一闪，忽隐忽现，像一颗小星星。不过，出现在那样一个地方，不会是星星。要说是萤火虫嘛，又显得太亮，也太小。望着望着，那个亮东西竟冲他眨巴了一下，可见那是一只眼睛。接着，围着那只眼睛，渐渐显出一张小脸，恰似一幅画，嵌在画框里。

一张棕色的小脸，腮边有两撇胡须。

一张神情严肃的圆脸，眼睛里闪着光，就是一开始引起他注意的那种光。

一对精巧的小耳朵，一头丝一般浓密的毛发。

那是河鼠！

随后，两只动物面对面站着，谨慎地互相打量。

"嘿，鼹鼠！"河鼠招呼道。

"嘿，河鼠！"鼹鼠答道。

"你愿意过这边来吗？"河鼠问。

"唉，说说倒容易。"鼹鼠没好气地说，因为他是初次见识一条河，还不熟悉水上的生活习惯。

　　河鼠二话没说，弯腰解开一条绳子，拽拢来，然后轻轻地跨进鼹鼠原先没有注意到的一只小船。那小船外面漆成蓝色，里面漆成白色，大小恰能容下两只动物。鼹鼠的心一下子飞到了小船上，虽然他还不大明白它的用场。

　　河鼠干练地把船划到对岸，停稳了。他伸出一只前爪，搀着鼹鼠小心翼翼地走下来。"扶好了！"河鼠说，"现在，轻轻地跨进来！"于是鼹鼠惊喜地发现，自己真的坐进了一条真正的小船的尾端。

　　"今天太美了！"鼹鼠说。这时，河鼠把船撑离岸边，拿起双桨。"你知道吗，我这辈子还从没坐过船哩！"

　　"什么？"河鼠张大嘴巴惊异地喊道，"从没坐过——你是说你从没——哎呀呀——那你都干什么来着？"

　　"坐船真那么美吗？"鼹鼠有点儿不好意思地问。其实，在他斜倚着座位，仔细打量着坐垫、桨片、桨架，以及所有那些令人神往的设备，感到小船在身下轻轻摇曳时，他早就相信

这一点了。

"你说美？这是世上独一无二的美事。"河鼠俯身划起桨来，"请相信我，年轻的朋友，世界上再也没有——绝对没有——比乘船游逛更有意思的事啦。什么也不干，只是游逛。"他梦呓般地喃喃说，"坐在船上，到处游逛，游逛——"

"当心前面，河鼠！"鼹鼠忽地惊叫一声。

太迟了。小船一头撞到了岸边。那个如痴如梦的、美滋滋的船夫四脚朝天，跌倒在船底。

"坐在船上——或者跟着船——到处游逛。"河鼠开怀大笑，一骨碌爬起来，若无其事地说下去，"待在船里，或者待在船外，这都无所谓。好像什么都无所谓，这就是它叫人着迷的地方。不管你上哪儿，或者不上哪儿；不管你到达目的地，还是到达另一个地方，还是不到什么地方，你总在忙着，可又没专门干什么特别的事。这件事干完，又有别的事在等着你，你乐意的话，可以去干，也可以不干。好啦，要是今天上午你确实没别的事要做，那咱们是不是一块儿划到下游去，逛它一整天？"

鼹鼠乐得直晃脚丫子，腆着胸脯，舒心地长嘘一口气，惬意地躺倒在软绵绵的坐垫上。"今天我可要痛痛快快玩它一天！"他说，"咱们这就动身吧！"

"那好，等一等，只消一会儿！"河鼠说。他把缆绳穿过码头上的一个环，系住，然后爬进码头上面自家的洞里，不多时，摇摇晃晃地捧着一只硕大的藤条午餐篮子出来了。

"把它推到你脚下。"河鼠把篮子递上船，对鼹鼠说。然后他解开缆绳，拿起双桨。

"这里面都装着些什么？"鼹鼠好奇地扭动着身子。

"有冷鸡肉，"河鼠一口气回答说，"冷舌头冷火腿冷牛肉腌小黄瓜沙拉法国面包卷三明治罐焖肉姜汁啤酒柠檬汁苏打水……"

"行啦，行啦，"鼹鼠眉飞色舞地喊道，"太多了！"

"你真的认为太多了？"河鼠一本正经地问，"这只是我平日出游常带的东西，别的动物还老说我是个小气鬼，带的东西刚刚够吃哩！"

可河鼠的话，鼹鼠半点儿也没听进去。他正深深地沉迷在这种新的生活里，陶醉在波光、涟漪、芳香、水声、阳光之中。他把一只脚爪伸进水里，做着长长的白日梦。心地善良的河鼠，只管稳稳当当地划着桨，不去惊扰他。

"我特喜欢你这身衣裳，老伙计。"约莫过了半个钟头，河鼠才开口说话，"有一天，等我手头方便时，我也要给自己搞一件黑丝绒吸烟服穿穿。"

"你说什么？"鼹鼠好不容易才清醒过来，"你大概觉得我这人很不懂礼貌吧，可这一切对我是太新鲜了。原来，这——就是——一条——河。"

"是这条河。"河鼠纠正说。

"那么，你真的是生活在这条河边喽？多美呀！"

"我生活在河边，同河在一起，在河上，也在河里。"河鼠说，"在我看来，这条河，就是我的兄弟姐妹，我的姑姑姨姨，我的伙伴，它供我吃喝，也供我洗涮。它就是我的整个世界，另外的世界，我都不需要。凡是河里没有的，都不值得要，凡是河所不了解的，都不值得了解。主啊！我们在一块儿度过了多少美妙的时光啊！不管春夏秋冬，它总有趣味，总叫人兴奋。二月里涨潮的时候，我的地窖里灌满了脏兮兮的汤，黄褐色的河水从我最讲究的卧室的窗前淌过。等落潮以后，一块块泥地露了出来，散发着葡萄干蛋糕的气味，河道里淤满了灯芯草等水草。这时，我又可以在大部分河床上随便溜达，不会弄湿鞋子，可以找到新鲜食物吃，还有那些粗心大意的人从船上扔下来的东西。"

"不过，是不是有时也会感到有点儿无聊？"鼹鼠壮着胆子问，"光是你跟河一道，没有别的人跟你拉拉家常？"

"没有别的人？——咳，这也难怪，"河鼠宽宏大量地说，"你初来乍到嘛，自然不明白。现如今，河上的居民已经拥挤不堪，许多人只好迁走了。河上的光景，今非昔比啦。水獭呀，翠鸟呀，鹧鹚呀，松鸡呀，等等，成天围着你转，求你干这干那，就像咱自个儿没有自己的事要料理似的。"

"那边是什么？"鼹鼠扬了扬爪子，指着河那边草地后面黑黝黝的森林。

"那个吗？哦，那就是野林。"河鼠简略地回答，"我们河上居民很少去那边。"

"他们——那边的居民，他们不好吗？"鼹鼠稍有点儿不安地问。

"嗯，"河鼠回答，"让我想想。松鼠嘛，不坏。兔子嘛，有的还好，不过兔子是杂七杂八的。当然，还有獾。他就住在野林正中央，别处他哪儿也不愿住，哪怕你花钱请他他也不干。亲爱的老獾！没有人打搅他。最好别去打搅他。"河鼠意味深长地加上一句。

"怎么，会有人打搅他吗？"鼹鼠问。

"嗯，当然，有的——有另外一些动物，"河鼠吞吞吐吐

7

地说，"黄鼠狼啊——白鼬啊——狐狸呀，等等。他们也并不全坏，我和他们处得还不错，遇上时，一块儿玩玩什么的。可他们有时会成群结队闹事，这一点不必否认。再说，你没法真正信赖他们，这也是事实。"鼹鼠知道，老是谈论将来可能发生的麻烦事，哪怕只提一下，都不合乎动物界的礼仪规范，所以，他抛开了这个话题。

"那么，在野林以外远远的地方，又是什么？"他问，"就是那个蓝蓝的、模模糊糊的地方，也许是山，也许不是山，有点儿像城市里的炊烟，或者只是飘动的浮云？"

"在野林外边，就是大世界，"河鼠说，"那地方，跟你我都不相干。那儿我从没去过，也不打算去；你要是头脑清醒，也绝不要去。以后请别再提它。好啦，咱们的洄水湾到了，该在这儿吃午饭了。"

他们离开主河道，驶进一处乍看像陆地环抱的小湖的地方。周边，是绿茸茸的青草坡地。蛇一般曲曲弯弯的褐色树根，在幽静的水面下发光。前方，是一座高高隆起的银色拦河坝，坝下泡沫翻滚。相连的是一个不停地滴水的水车轮子，轮子上方，是一间有灰色山墙的磨坊。水车不停地转动，发出单调沉闷的隆隆声，可是磨坊里又不时传出阵阵清脆欢快的低声说话声。这情景实在太动人了，鼹鼠不由得举起两只前爪，激动得上气不接下气地喊道："哎呀！哎呀！哎呀！"

河鼠把船划到岸边，靠稳了，把仍旧笨手笨脚的鼹鼠平安地扶上岸，然后扔出午餐篮子。

鼹鼠央求河鼠准许他独自开篮取出食物。河鼠很乐意依他，自己便伸直全身仰卧在草地上休息，听由他兴奋的朋友去摆弄。鼹鼠抖开餐布，铺在地上，一样一样取出篮子里的神秘

货色，井井有条地摆好。每次新的发现，都引得他惊叹一声："哎呀！哎呀！"全都摆放就绪后，河鼠一声令下："现在，老伙计，开嚼！"鼹鼠非常乐于从命，因为他那天一早就按常规进行春季大扫除，马不停蹄地干，一口没吃没喝，之后又经历了这许多事，仿佛过了好些天。

"你在看什么？"河鼠问。这时，他俩的辘辘饥肠已多少得到了缓解，鼹鼠已经能够把眼光稍稍移开餐布，投向别处了。

"我在看水面上移动着的一串泡沫，"鼹鼠说，"觉得它怪好玩的。"

"泡沫？啊哈！"河鼠高兴地吱喳一声，样子怪招人喜欢的，像在对谁发出邀请。

岸边的水里，冒出一只宽扁发亮的嘴。水獭钻出水面，抖

落掉外衣上的水滴。

"贪吃的花子们^①！"他朝食物凑拢去，"鼠兄，怎么不邀请我呀？"

"这次野餐是临时动议的。"河鼠解释说，"来，介绍一下，这位是我的朋友鼹鼠。"

"很荣幸。"水獭说，两只动物立刻成了朋友。

"到处都闹哄哄的！"水獭接着说，"今儿个仿佛全世界都到河上来了。我到这洄水湾，原想图个清净，不料又撞上你们二位！至少是——啊，对不起——我不是这个意思，你们知道的。"

他们背后响起了一阵窸窣声，是从树篱那边传来的。树篱上，还厚厚地挂着头年的叶子。一个带条纹的脑袋，脑袋下一副高耸的肩膀，从树篱后面探出来，窥望着他们。

"过来呀，老獾！"河鼠喊道。

---

①beggar，乞丐，叫花子。

河岸

老獾向前小跑了一两步，然后咕噜说："哼！有同伴！"随即掉头跑开了。

"他就是这么个人！"满心失望的河鼠议论道，"最讨厌社交生活！今天咱们别想再见到他了。好吧，告诉我们，到河上来的都有谁？"

"蟾蜍就是一个，"水獭回答，"驾着他那条崭新的赛艇，一身新装，什么都是新的！"

两只动物相视大笑。

"有一阵子，他一门心思玩帆船，"河鼠说，"过后，帆船玩腻了，就玩起撑船来。对什么都不感兴趣，成天就知道撑船，捅了不少娄子。去年呢，又迷上了宅船①，于是我们都得陪他住他的宅船，还得装作喜欢，说他后半辈子就在宅船里过了。不管迷上什么，结果总是一样，没过多久就腻烦了，又迷上了新的玩意儿。"

"人倒真是个好人，"水獭若有所思地说，"可就是没常性，不稳当——特别是在船上！"

从他们坐的地方，隔着一座小岛，可以望见大河的主流。就在这时，一条赛艇映入眼帘。划船的——一个矮壮汉子——打桨打得水花四溅，身子在船里来回滚动，可还在使劲划着。河鼠站起来，冲他打招呼，可蟾蜍——就是那个划船的——却摇摇头，专心致志地划他的船。

"要是他老这么滚来滚去，不消多会儿，他就会摔出船外的。"河鼠说着，又坐了下来。

"他肯定会摔出来的，"水獭咯咯笑着说，"我给你讲过

①house-boat，一种带住所可以居住的船，也叫船屋。

那个有趣的故事吗，就是蟾蜍和那个水闸管理员的故事？蟾蜍他……"

一只随波漂流的蜉蝣，满怀着血气方刚的后生对生活的憧憬，正歪歪斜斜地逆水游来。忽见水面卷起一个漩涡，"咕噜"一声，蜉蝣就没影儿了。

水獭也不见了。

鼹鼠忙低下头去看。水獭的话音还在耳边，可他趴过的那块草地却空空如也。从脚下一直望到天边，一只水獭也不见。

不过，河面又泛起了一串泡沫。

河鼠哼起了一支小曲儿。鼹鼠想起，按动物界的规矩，要是你的朋友突然离去，不管有理由还是没理由，你都不该随便议论。

"好啦，好啦，"河鼠说，"我想咱们该走啦。我不知道，咱们两个谁该收拾碗碟？"听口气，仿佛他并不特别乐意享受这个待遇。

"哦，让我来吧。"鼹鼠说。当然，河鼠就让他去干了。

收拾篮子这种活儿，不像打开篮子那样叫人高兴，向来如此。不过鼹鼠天生对所有的事都感兴趣。他刚把篮子装好系紧，就看见还有一个盘子躺在地上冲他瞪眼。等他重新把盘子装好，河鼠又指出漏掉了一把谁都应该看见的叉子。末了，瞧，还有那只他坐在屁股底下竟毫无感觉的芥末瓶——尽管一波三折，这项工作总算完成了，鼹鼠倒也没怎么特别不耐烦。

下午的太阳渐渐西沉，河鼠朝回家的方向如痴如梦地轻荡双桨，一面自顾自低吟着什么诗句，没怎么理会鼹鼠。鼹鼠呢，肚里装满了午餐，心满意足，自认为坐在船上已挺自在自如了，于是有点儿跃跃欲试起来。他忽然说："喂，鼠兄，我现在想划划船！"

　　河鼠微微一笑，摇摇头说："现在还不行，我的年轻朋友，等你学几次再划吧。划船并不像看起来那么容易。"

　　有一两分钟，鼹鼠没吭声，可是他越来越眼红起河鼠来。见河鼠一路划着，动作那么有力，又那么轻松，鼹鼠的自尊心开始在他耳边嘀咕，说他也能划得和河鼠一样好。他猛地跳起来，从河鼠手中夺过双桨。河鼠两眼一直呆望着水面，嘴里嘟哝着一首什么小诗，没提防鼹鼠这一招，竟仰面翻下座位，又一次四脚朝天跌倒在船底。得胜的鼹鼠抢占了他的位子，信心十足地握住了双桨。

　　"住手！你这头蠢驴！"河鼠躺在船底喊道，"你干不了这个！你会把船弄翻的！"

　　鼹鼠把双桨往后一挥，深深插进水里。桨根本没有划在水面。只见他两脚高高跷起，整个跌倒在躺倒的河鼠身上。他惊慌失措，忙去抓船舷，刹那间——扑通！

　　船儿兜底翻了过来，鼹鼠在河里扑腾着挣扎。

哎呀，水好冷啊，浑身都湿透啦！他往下沉，沉，沉，水在他耳朵里轰轰直响。一会儿，他冒到水面上，又咳又呛，吱哇乱叫。太阳显得多可爱呀！一会儿，他又沉了下去，深深地陷入绝望。这时，一只强有力的爪子抓住了他的后脖梗儿。那是河鼠。河鼠分明是在大笑——鼹鼠能感觉到这一点。他的笑，从胳膊传下来，经过爪子，一直传到鼹鼠的脖子。

河鼠抓过一支桨，塞在鼹鼠腋下，又把另一支桨塞在他另一边腋下，然后，他在后面游泳，将那个可怜巴巴的动物推到岸边，拽出水来，安顿在岸上。这时鼹鼠已成了湿漉漉、软瘫瘫、惨兮兮的一堆。

河鼠把鼹鼠的身子搓揉了一阵，拧去湿衣裳上的水，然后说："现在，老伙计！顺着纤道①使劲来回跑，跑到身上暖过来，衣裳干了为止。我潜下水去捞午餐篮子。"

惊魂未定的鼹鼠，外面浑身湿透，内心羞愧难当，在河边来回跑步，直跑到身上干得差不多了。同时，河鼠又一次蹿进水中，抓回小船，把它翻正，系牢，又把散落在水面上的什物一件件寻上岸来，最后，他潜入水底，捞到了午餐篮子，奋力将它带到岸上。

等一切都安排停当，又要起航时，鼹鼠一瘸一拐、垂头丧气地坐到了船尾的座位上。开船时，他情绪激动，断断续续地低声说："鼠兄，我宽宏大量的朋友！我太愚蠢，太不知好歹了！实在是对不起。想到我险些把那只美丽的午餐篮子弄丢了，心情就特别沉重。说真格的，我是一头十足的蠢驴，我心里明白。你能不能不计前嫌，原谅我这一遭，对我还跟过去一

---

①towing-path，旧时运河或河流两岸供马拉船的曳船道、纤路。

样？"

"这没什么，祝福你！"河鼠轻松地答道，"一只河鼠嘛，弄湿点儿算什么？多数日子，我待在水里的时间比待在岸上还长哩。你就别再惦着了。这么着吧，我真的希望，你来跟我一道住些时候。我的家很普通，很简陋，根本没法和蟾蜍的家相比。可你还没来我家看过哩。你来了，我会让你过得舒舒服服的。而且，我还能教你学会划船、游泳，你很快就能像我们一样，在水上自由自在了。"

这番亲切体贴的话，感动得鼹鼠说不出话来，只用爪子背儿抹去一两滴眼泪。可是善解人意的河鼠把眼光移向了别处。不一会儿，鼹鼠的情绪缓过来了。当两只松鸡互相叽喳嘲笑他那副狼狈相时，他竟能和他们顶起嘴来。

回到家，河鼠在客厅里生起一炉熊熊的火，给鼹鼠拿来一件晨衣和一双拖鞋，把他安顿在炉前一张扶手椅上，然后给他讲河上的种种趣闻逸事，直到吃晚饭。鼹鼠是一只陆上动物，河上的故事在他听来是十分惊险有趣的。河鼠讲到拦河坝；讲到突发的山洪；讲到跳跃的狗鱼；还有乱扔硬邦邦的瓶子的汽船——扔瓶子是确有其事，而且是由汽船那边扔下来的，因此可以推断，是汽船扔的；还有苍鹭，他们跟别人说话时盛气凌人；还有钻进排水阴沟的探险；还有同水獭一道夜间捉鱼，或者跟獾一道在田野里远足。晚饭吃得痛快极了，可是饭后不多会儿鼹鼠就瞌睡得不行，于是殷勤周到的主人只好把他送到楼上一间讲究的卧室里。鼹鼠马上一头倒在枕头上，感到非常安宁和满意。他知道，他的那位新结识的朋友——大河——在不断轻轻拍打着他的窗棂。

对于新从地下居室解放出来的鼹鼠，这一天，只是一连串相仿的日子的开端。随着万物生长成熟的盛夏的来临，白昼一天比一天长，也一天比一天过得更有趣。他学会了游泳、划船，尝到了与流水嬉戏的甜头。他把耳朵贴近芦苇秆时，有时会偷听到风在芦苇丛里的窃窃私语。

2

大路

一个阳光明媚的夏日早晨，鼹鼠忽然对河鼠说："鼠兄，我想求你帮个忙。"

河鼠正坐在岸边，吟唱一支小曲儿。这曲子是他自己编的，所以唱得很带劲，没怎么留意鼹鼠或别的事。一大早，他就和鸭子朋友们在河里游泳来着。鸭子一贯喜欢猛地头朝下脚朝上拿大顶。这时，河鼠就潜到水下，在鸭子的下巴（要是鸭子有下巴的话）下面的脖子上挠痒痒，弄得鸭子只好赶紧钻出水面，扑打着羽毛，气急败坏地冲他嚷嚷。因为，要是你的头倒插在水里，你自然不可能痛痛快快发泄你一腔怒火。后来，他们只得央求他走开，去管自己的事，别干涉他们。河鼠这才走开了，在河岸上坐着晒太阳，编一首有关鸭子的歌。歌名叫：鸭谣——

沿着静水湾，
长长灯芯草，
鸭群在戏水，
尾巴高高翘。

公鸭母鸭尾，

黄脚颤悠悠，
黄嘴隐不见，
河中忙不休。

绿荫水草稠，
鱼儿尽兴游，
佳肴储存库，
丰盛又清幽。

人各有所好！
头下尾上翘，
鸭子的心愿，
水上乐逍遥。

蓝蓝天空高，
雨燕飞又叫，
我们戏水中，
尾巴齐上翘！

"这首歌到底有多好，我说不上来，鼠兄。"鼹鼠谨慎地说。鼹鼠自己不是诗人，也不赞赏懂诗的人，而且，他天性坦诚，喜欢实话实说。

"鸭子也不懂得，"河鼠开朗地说，"他们说：'干吗不让人家在高兴的时候做他们高兴做的事？别人干吗要坐在岸上对人家横挑鼻子竖挑眼，还要编歌嘲笑人家？尽是胡说八道！'这就是鸭子们的论调。"

18

"说得对嘛,说得对嘛。"鼹鼠打心眼儿里赞同。

"不,说得不对!"河鼠气愤地喊道。

"好啦,就算不对,就算不对,"鼹鼠息事宁人地说,"可是我想问问你,你能不能领我去拜访蟾蜍先生?他的事,我听说得多了,特想和他认识认识。"

"当然啰!"好脾气的河鼠说着,一跃而起,把诗呀什么的全都抛到脑后,一整天再也没想起,"去把船划出来,咱们马上就去他家。你想拜访蟾蜍,随时都可以。不管是早是晚,蟾蜍都一个样,总是乐呵呵的。你去看他,他总是高兴;你要走,他总是恋恋不舍!"

"他准是个非常和善的动物。"鼹鼠说。他跨上了船,提起双桨。河鼠呢,他安安逸逸地坐到了船尾。

"他的确是个再好不过的动物,"河鼠说,"特单纯,特温和,特重感情。或许不太聪明——不可能人人都是天才嘛。他或许爱吹牛,有些自高自大。可蟾儿,他的优点确实不少。"

绕过一道河湾,迎面就见一幢美丽、庄严、古色古香的红砖老宅,房前是修理得平平整整的草坪,一直延伸到河边。

"那就是蟾宫。"河鼠说,"左边有一条小河汊,牌子上写着:'私人河道,不得在此登岸。'这河汊直通他的船坞,咱们要在那儿停船上岸。右边是马厩。你现在看到的是宴会厅——年代很久了。你知道,蟾蜍相当有钱,这幢房子确实是这一带最讲究的一处房屋,不过,我们从不向蟾蜍这样表示。"

小船徐徐驶进河汊,来到一所大

船坞的屋顶下。鼹鼠把桨收进船舱。这里，他们看到许多漂亮的小船，有的挂在横梁上，有的吊在船台上，可是没有一条船是在水里。这地方显得有种被冷落废弃的气氛。

河鼠环顾四周。"我明白了，"他说，"看来他玩船已经玩够了，厌倦了，再也不玩了。不知道他现在又迷上了什么新玩意儿？走，咱们瞧他去。一切很快就会明白的。"

他们离船上岸，穿过各色鲜花装点的草坪，寻找蟾蜍。不多时，他们就遇到了他。蟾蜍坐在一张花园藤椅上，脸上一副全神贯注的神情，盯着膝上的一张大地图。

"啊哈！"看到他俩，蟾蜍跳了起来，"太好了！"不

等河鼠介绍，就热情洋溢地同他俩握握爪子。"你们真好！"他接着说，围着他俩蹦蹦跳跳，"河鼠，我正要派船到下游去接你，吩咐他们不管你在干什么，马上把你接来。我非常需要你——你们两位。好吧，现在你们想吃点儿什么？快进屋吃点儿东西吧！你们来得正是时候，你们想不到，有多巧啊！"

"蟾儿，让咱们先安静地坐一会儿吧！"河鼠一屁股坐在一张扶手椅上说。鼹鼠坐在他旁边的另一张扶手椅上，说了几句客气话，赞美蟾蜍那"可爱的住宅"。

"这是沿河一带最讲究的房子，"蟾蜍哇啦哇啦大声嚷道，"而且，在别的地方，你也找不到这么好的房子。"他情

不自禁又加上一句。

这时，河鼠用胳膊捅了捅鼹鼠，不巧，正好被蟾蜍看见了。他脸涨得通红。跟着是一阵难堪的沉寂。然后，蟾蜍大笑起来。"得啦，鼠儿，我说话就这么个德行，你知道的。再说，这房子确实不坏，是吧？你自己不也挺喜欢它吗？咱们都清醒些好啦。你们两位正是我需要的。你们得帮我这个忙。这事至关重要！"

"我猜，是有关划船的事吧，"河鼠装糊涂说，"你进步很快嘛，就是还溅好些水花。只要再耐心些，再加上适当的指导，你就可以……"

"噢，呸！划什么船！"蟾蜍打断他的话，显得十分厌恶的样子，"那是小男孩儿们玩的愚蠢玩意儿。我老早就不玩了。不折不扣，纯粹是浪费时光。看到你们这些人把全副精力花在那种毫无意义的事情上，真叫我感到痛心，你们本该明白的。不，不，我已经找到了一桩真正的事业，这辈子应该从事的一种正经行当。我打算把我的余生奉献给它。一想到过去那么多年头浪费在无聊的琐事上，我真是追悔莫及。跟我来，亲爱的鼠儿，还有你的这位和蔼的朋友也来，如果肯赏光的话。不远，就在马厩场院那边，到了那儿，你们就会看到要看到的东西！"

蟾蜍领着他们向马厩场院走去，河鼠一脸狐疑，跟在后面。只见蟾蜍从马车房里拉出一辆吉卜赛篷车，崭新、锃亮，车身漆成金丝雀般的淡黄色，点缀着绿色纹饰，车轮则是大红的。

"瞧吧！"蟾蜍叉开双腿，腆着肚皮，喊道，"这辆小马车代表的生活，才是你们要过的真正的生活。一眼望不到头的大道，尘土飞扬的公路，荒原，公地，树篱，起伏的草原，露营地，村庄，城镇，都市，全都属于你们！今天在这里，明天在那里！到处旅行，变换环境，到处有乐趣、刺激！整个世界在你眼前展开，地平线在不断变换！请注意，这辆车是同类车子里最精美的一辆，绝无例外。进车里来，瞧瞧里面的设备吧，全是我自己设计的，是我干的！"

鼹鼠兴致勃勃，兴奋异常，急不可待地跟着蟾蜍踩上篷车的踏板，进了车厢。河鼠只哼了哼鼻子，把手深深插进裤兜，站在原地不动。

车厢里确实布置得非常紧凑而舒适。几张小小的卧铺，一张小桌靠壁折起，炉具，小食品柜，书架，一只鸟笼，笼里关

着一只鸟，还有各种型号和式样的高锅、平锅、瓶瓶罐罐、烧水的壶。

"一应俱全！"蟾蜍得意地说。他打开一个小柜。"瞧，有饼干、罐头龙虾、沙丁鱼——凡是你们用得着的东西，应有尽有。这儿是苏打水，那儿是烟草、信纸、火腿、果酱、纸牌、骨牌。"他们重新踩着踏板下车时，他继续说，"你们会发现，咱们今天下午启程时，什么也没漏掉。"

"对不起，"河鼠嘴里嚼着一根稻草，慢条斯理地说，"我好像听见你刚才说什么'咱们'，什么'启程'，什么'今天下午'来着？"

"得啦，你呀，亲爱的好老鼠，"蟾蜍央求说，"别用那种尖酸刻薄的腔调说话好吗？你明明知道，你们非来不可。少了你们，叫我怎么对付这一摊？求求你啦，这事就这么定了，别和我争辩，我受不了。你总不能一辈子守着你那条乏味的臭烘烘的老河，成天待在河岸上一个洞里，待在船上吧？我想让你见见世面！我要把你造就成一只像样的动物，伙计！"

"我才不稀罕你的那套把戏哩！"河鼠固执地说，"我就是不跟你去，说一不二。我就是要守着我的老河，要住在洞里，要驾船，像往常一样。而且，鼹鼠也要跟我一道，干同样的事，是不是，鼹鼠？"

"那是自然！"鼹鼠诚挚地说，"我永远陪伴你。鼠儿，你说什么就是什么，就得是什么。不过，这玩意儿看起来像是——呃，像是怪有意思的，是吧？"他眼巴巴地加上一句。可怜的鼹鼠！探险生活对他来说是桩新鲜事，惊险又刺激，这个新的领域对他有很强的诱惑力。他第一眼看见那辆篷车和它的全套小装备，就爱上它了。

河鼠看出了鼹鼠的心思，他的决心起了动摇。他不愿让人失望，何况他喜欢鼹鼠，总是竭力让他高兴。蟾蜍在一旁仔细观察他俩的动静。

"先进屋吃点儿午饭吧，"蟾蜍有策略地说，"咱们慢慢商量。用不着匆忙做出决定嘛。其实我倒不在乎。我只不过想让你俩高兴高兴罢了。'活着为别人！'这是我的处世格言。"

午餐，自然是极其精美，就像蟾宫里的所有事物一样。吃饭时，蟾蜍信口开河、高谈阔论。他把河鼠撇在一边，专门逗弄缺乏经验的鼹鼠。他天生就是一只夸夸其谈的动物，又喜欢突发奇想，他把这趟旅行的前景、户外生活和途中的乐趣描绘得天花乱坠，把鼹鼠激动得坐都坐不住了。一来二去，三只动物似乎很快就达成了协议，把旅行的事确定下来了。河鼠虽然还心存疑虑，但他的好脾气终究压倒了个人的反对意见。他不忍心使两位朋友扫兴。他们已经在深入细致地制订计划，做出种种设想，安排未来几周里每天的活动了。

行前的准备大体就绪，大获全胜的蟾蜍领着伙伴们来到养马场，要他们去捉那匹老灰马。由于事先没跟老马商量，蟾蜍就分派他在这趟尘土弥漫的旅途中干这件尘土弥漫的脏活，老马一肚子牢骚怨气，所以逮住他可费了大劲。蟾蜍趁他们逮马时，又往食品柜里塞进更多的必需品，又把饲料袋、几网兜

洋葱头、几大捆干草，还有几只筐子，吊在车厢底下。老马终于被逮住，套在车上，他们出发了。三只动物各随所好，有的跟着车走，有的坐在车杠上，大伙儿你一言我一语，同时说着话。那天下午，阳光灿烂。他们扬起的尘土香喷喷的，闻着叫人心旷神怡。大路两侧茂密的果园里，鸟儿们欢乐地向他们打招呼、吹口哨。和蔼的过路人从他们身旁走过时，向他们道声好，或者停下来，说几句中听的话，赞美他们那漂亮的马车。兔子们坐在树篱下他们家的门口，举着前爪，一齐连声赞叹："哎呀呀！哎呀呀！哎呀呀！"

　　天色很晚的时候，他们离家已有好多里地了。身体疲乏，心情愉快，就在一处远离人烟的公地上歇下来。他们卸下马具，由着马去吃草，自己坐在车旁的草地上。蟾蜍大谈他在未来几天打算干的事。这时，星星围着他们，越来越密，越来越大。一轮黄澄澄的月亮不知打哪儿悄悄地突然冒出来，给他们做伴、听他们说话。过后，他们钻进篷车，爬上各自的铺位。蟾蜍伸开两腿，瞌睡得迷迷糊糊地说："伙计们，晚安！这才

是绅士们应该过的生活！别再谈你的那条老河了！"

"我并不谈我的河，"河鼠宽容地说，"蟾蜍，这你知道，可我心里总叨念它。"他又凄凄切切地低声说："我想念它——一直在想念它！"

鼹鼠从毯子下面伸出爪子，在黑暗里摸到河鼠的爪子，捏了一下。"鼠儿，只要你乐意，干什么我都愿意，"鼹鼠悄悄对他说，"明儿一早，一大早咱们就开溜，回到咱们亲爱的河上老洞去，好吗？"

"不，不，咱们还是坚持到底。"河鼠悄声回答，"多谢你的好意，不过我得守着蟾蜍，直到这趟旅行结束。撂下他一个，我不放心。不会拖很久的。他的怪念头，从来也维持不长。晚安！"

这次旅行，果然结束得比河鼠预料的还要早。

由于长时间的户外活动，兴奋欢快，蟾蜍睡得很死，第二天早晨，怎么推也推不醒他。于是鼹鼠和河鼠毅然决然，不声不响地动手干起活儿来。河鼠喂马，生火，洗刷隔夜的杯盘碗盏，准备早餐；鼹鼠呢，他走了一段很长的路，到最近的村落里去买牛奶、鸡蛋，自然还有蟾蜍忘带的一应必需品。等这些繁重的活儿全都干完，两只动物累得够呛，坐下来歇憩时，蟾蜍这才露面，神采奕奕，兴致勃勃，说现在他们大家都活得轻松愉快啦，不用像在家时那样操劳家务啦。

这一天，他们悠闲自在地游逛，驶过绿茵茵的草原，穿行窄窄的小径，当晚又在一块公地上过夜。不过，两位客人这回硬要蟾蜍干他分内的活儿。结果，第二天早上要动身时，蟾蜍不再津津乐道原始生活如何单纯简易，却一味想赖回他的铺上，但被他们硬拖了起来。和昨天一样，他们的路程仍是穿经窄窄的小径，越过田野。到了下午，他们才上了公路。这是他们遇到的第一条公路。就在这儿，意想不到的祸事迅雷般落到了他们头上。这桩祸事，对于他们的旅行是个灾难，而对于蟾蜍今后的生活，却产生了翻天覆地的重大影响。

他们正悠闲自在地在公路上缓缓行进，鼹鼠和老马并肩而行，跟马说话，因为那匹马抱怨说，他被冷落了，谁也不理睬他。蟾蜍和河鼠跟在车后，互相交谈——至少是蟾蜍在说话，河鼠只是有一搭没一搭地插上一句："是呀，可不是嘛！你跟他说什么来着？"心里却琢磨着毫不相干的别样事。就在这当儿，从后面老远的地方传来一阵隐隐的警告的轰鸣声，就像一只蜜蜂在远处嗡嗡嘤嘤。回头一看，只见后面一团滚滚烟尘，中心有个黑黑的东西在移动，以难以置信的速度向他们冲来。从烟尘里，发出一种低微的"噗噗"声，像一只惊恐不安的动物在痛苦地呻吟。他们并没在意，又接着谈话。可是就在一瞬间（仿佛只一眨眼的工夫），宁静的局面突然被打破了。一阵狂风，一声怒吼，那东西猛扑上来，把他们逼下了路旁的沟渠。那"噗噗"声，像只大喇叭，在他们耳边震天响。那东西

里面锃亮的厚玻璃板和华贵的摩洛哥山羊皮垫，在他们眼前一晃而过。原来那是一辆富丽堂皇的汽车，一个庞然大物，脾气暴躁，令人胆寒。驾驶员聚精会神地紧握方向盘，顷刻间独霸了整个天地，搅起一团遮天蔽日的尘云，把他们团团裹住，什么都看不见了。接着，它嗖地远去，缩成一个小黑点，又变成了一只低声嗡嗡的蜜蜂。

那匹老灰马，正慢悠悠地往前踱步，一面梦想着他那恬静闲适的养马场，突然遇上这么个难对付的局面，不由得狂躁起来。他向后退，又向前猛冲，又一个劲儿地倒退，不管鼹鼠怎样使劲拉他的马头，怎样在一旁苦口婆心地劝他保持冷静，全都无济于事，硬是把车子往后推到了路旁的深沟边。那车晃了晃，接着便是撕心裂肺的一阵破碎声。结果，这辆淡黄色篷车，他们的骄傲和欢乐，就整个横躺在沟底，成了一堆无法修复的残骸。

河鼠站在路当中，暴跳如雷，气得直跺脚。"这帮恶棍！"他挥着双拳大声吼叫，"这帮坏蛋，这帮强盗，你们——你们——你们这帮路匪！——我要控告你们！我要把你们送上法庭！"他的恋家情绪不觉顿时消失，此刻，他成了一艘淡黄色航船的船长，他的船被一群敌对的船员肆无忌惮地横冲直撞逼上了浅滩。一怒之下，他过去痛骂那些小汽船老板的尖酸刻薄的话一股脑儿喷发出来，因为那些人把船开得离岸太近，搅起的浪花常常淹没了他家客厅的地毯。

蟾蜍一屁股坐在满是尘土的大路当中，两腿直挺挺地伸在前面，眼睛定定地凝望着汽车开走的方向。他呼吸急促，脸上的神情却十分宁静而满意，嘴里还不时发出轻轻的"噗噗"声。

鼹鼠忙着安抚老灰马，过了一会儿，终于使他镇静下来。

接着他就去查看那辆横躺在沟底的车。那模样真是惨不忍睹：门窗全都摔得粉碎，车轴弯得不可收拾，一只轮子脱落了，沙丁鱼罐滚了一地，笼里的鸟惨兮兮地抽泣着，哭喊着求他们放他出来。

河鼠过去帮助鼹鼠，可他们两个一齐努力也没能把车扶起。"喂！蟾蜍！"他们喊道，"下来帮一把手，行不行？"

蟾蜍一声不吭，坐在路上纹丝不动。他俩只得过去，看看究竟出了什么事。只见蟾蜍正迷迷瞪瞪地出神，脸上挂着幸福的笑容，两眼仍直勾勾地盯着前面尘土飞扬的地方，那个毁了他们车的家伙的去向。时不时，还听到他低声念叨："噗噗！"

"多么灿烂辉煌又激动人心的景象啊！"蟾蜍嘟囔着说，根本不打算挪窝，"诗一般的动力！这才叫真正的旅行！这才是旅行的唯一方式！今天在这儿——明天就到了别处！一座座村庄，一座座城镇，飞驰而过——新的景物不断出现！多幸福啊！噗噗！哎呀呀！哎呀呀！"

"别这么呆头呆脑的，蟾蜍！"鼹鼠喊道，拿他毫无办法。

"想想看，我对这玩意儿一无所知！"蟾蜍继续梦呓般地喃喃道，"我虚度了多少时光啊！不但从不知道，连做梦也没梦到过！现在我可知道了，现在我可全明白了！从今以后，展现在我面前的，该是多么光辉灿烂的锦绣前程啊！我要在公路上横冲直撞，飞速驰骋，在身后卷起漫天的尘土！我要威风凛凛地疾驰而过，把大批马车推下沟渠！哼！讨厌的小马车！平淡无奇的马车！淡黄色的马车！"

"咱们拿他怎么办？"鼹鼠问河鼠。

"什么办法也没有，"河鼠斩钉截铁地说，"事实上，拿他没有一点儿办法。我太了解他啦。他现在是走火入魔。他又迷上了一个新玩意儿。一开头，总要给他缠磨成这个德行。他会一连许多天都这样疯疯傻傻，就像一只在美梦里游荡的动物，毫无实际用处。没关系，不必理他。咱们还是去看看怎样收拾那辆车吧。"

经过仔细考察，他们看到，即使把车扶正过来，也没法再乘上它旅行了。车轴破损得一塌糊涂，脱落的一只轮子完全粉碎了。

河鼠把缰绳拴在马背上，一手牵着马，一手提着鸟笼，带上笼里那只惊恐万状的鸟。"走！"他神情严肃地对鼹鼠说，"到最近的小镇，也有五六里的路程，咱们只能靠脚走了。所以得趁早动身。"

"可蟾蜍怎么办？"他俩双双上路时，鼹鼠不安地问，"瞧他那副神不守舍的样子，咱们总不能把他独自留在路当中吧！那太不安全了。万一又开过来一辆什么东西怎么办？"

"哼，去他的！"河鼠怒冲冲地说，"我跟他一刀两断啦！"

31

可是，他们没走出多远，就听见后面嗒嗒的脚步声，原来是蟾蜍撵上来了。他把两只爪子一边一个，插进他俩的臂弯里，仍旧气喘吁吁，两眼发直，盯着空空的前方。

"你听着，蟾蜍！"河鼠厉声说，"我们一到镇上，你就径直上警察局，问问他们知不知道那辆汽车是谁的车，还要对他们提出起诉。然后，你得去找一家铁匠铺，或者修车铺，要他们把马车弄去修好，这需要花点儿时间，不过它还没坏到没法修理的程度。同时，鼹鼠和我就去旅馆，找几间舒适的房间住下，等车修好，也等你精神恢复过来再走。"

"警察局！起诉！"蟾蜍梦呓般地喃喃道，"要我去控告那个天赐的美景吗？修马车？我和马车永远永远拜拜啦！我再也不想见到马车，不想过问马车的事啦。鼠儿啊，你同意和我一块儿旅行，我真不知道怎样感谢你才好！因为你要不来，我就不会来，也就永远看不到——那只天鹅，那道阳光，那声雷鸣！永远听不到那种叫人醉心的声响，闻不到那股叫人着迷的气味了！这一切全亏了你呀，我最好的朋友！"

河鼠无可奈何地掉转脸去。"瞧见了吗？"他隔着蟾蜍的头对鼹鼠说，"他简直无可救药。算了，拉倒吧。等我们到了镇上，就去火车站，运气好的话，也许能赶上一趟火车，今晚就可以回到河岸。你瞧着吧，今后我再跟这个可恶的动物一块儿玩乐才怪！"他愤愤地哼了一下鼻子，随后在这段沉闷乏味的跋涉途中，他只跟鼹鼠一个人搭话。

一到镇上，他们直奔火车站，把蟾蜍安置在二等候车室，花两便士托一位搬运工好好看住他。然后，他们把马寄存在一家旅店的马厩里，对那辆马车和里面的东西尽可能详尽地做了说明，并吩咐人看管。一列慢车终于把他们载到离蟾宫不远的站上。他们把迷离恍惚如醉如痴的蟾蜍护送到家，吩咐管家弄点儿东西给他吃，帮他脱衣，照料他上床睡觉。然后，他们从船坞里划出自己的小船，划到河下游的家中，很晚很晚，才在自己那舒适的临河的客厅里坐下来吃晚饭。这时，河鼠才深深感到舒心快慰。

第二天傍晚，迟迟起床并且闲散了一整天的鼹鼠，坐在河边钓鱼。河鼠拜访过几家朋友，和他们聊些闲话，这时，他溜达过来找鼹鼠。"听到新闻了吗？"他说，"整条河上，都在谈论一件事。今天一早，蟾蜍就搭早车进城去了。他花大价钱订购了一辆大汽车。"

3

野林

　　鼹鼠早就想结识獾。各方面的消息都说，獾是个最最了不起的人物，虽然很少露面，却总让方圆一带所有的居民无形中都受到他的影响。可是每当鼹鼠向河鼠提到这个愿望，河鼠就推诿过去，总是说："没问题，獾总有一天会来的——他经常出来——到那时我一定把你介绍给他。真是个顶呱呱的好人哪！不过你不能去找他，而是要在适当的时候遇上他。"

　　"能不能邀他来这里——吃顿便饭什么的？"鼹鼠问。

　　"他不会来的，"河鼠简单地说，"獾最讨厌社交活动、请客吃饭一类的事。"

　　"那，要是咱们登门去拜访他呢？"鼹鼠提议。

　　"那个，噢，我敢断定他绝不会喜欢的，"河鼠惊恐地说，"他这人很怕羞，那样做，一定会惹恼他的。连我自己都从没去他家拜访过，虽说我跟他是老相识了。再说，咱们也去不了呀。这事根本办不到，因为他住在野林的正中央。"

　　"那又怎么着？"鼹鼠说，"你不是说过，野林并没什么问题吗？"

　　"嗯，是的，是的，是没什么问题，"河鼠躲躲闪闪地说，"不过我想，咱们现在还是不去的好，这会儿别去。路远着哩，况且，在这个季节，他也不在家。你只管安心等着，总

34

有一天他会来的。"

　　鼹鼠只好耐心等待，可是獾一直没来。他们每天都玩得很开心。夏天过去很久了，天气变冷，冰霜雨雪，泥泞的道路，使他俩长时间耽留在屋内。窗外湍急奔流而过的涨满的河水，也像在嘲笑、阻拦他们乘船出游。这时，鼹鼠才又一味惦念那只孤孤单单的灰獾，想到他在野林正中的洞穴内，独自一人过日子，多孤寂啊。

　　冬令时节，河鼠很贪睡，早早就上床，迟迟才起来。在短短的白天，他有时胡乱编些诗歌，或者在屋里干点儿零星家务。当然，时不时总有些动物来串门聊天，因此，谈了不少有关春夏的趣闻逸事，互通消息和意见。

　　当他们回顾夏天的一切时，就感到，那是多么绚丽多彩的一章啊！那里面有许多五彩缤纷的插图。大河两岸，一支盛装的游行队伍在不停地庄严行进，展示出一场跟着一场富丽堂皇的景观。紫色的珍珠菜最先登场，抖开它那乱丝般丰美的秀发，垂挂在镜面般的河水边沿，镜中的脸，又冲它自己微笑。婀娜多姿的柳兰，犹如桃色的晚霞，紧跟着也上场了。雏菊，紫的和白的手牵着手，悄悄钻了上来，在队列中占取了一席地位。最后，在一个早晨，羞怯的野蔷薇姗姗来迟，轻盈地步上舞台。这时，就像弦乐以它辉煌的和弦转入一曲加沃特，向人们宣告，六月终于来到了。但是，戏班子里还缺一个角色没有到齐，那就是水仙女所追求的牧羊少年，闺秀们凭窗盼望的骑士，用亲吻唤醒沉睡的夏天的生命和爱情的王子。当身穿琥珀色紧身背心的笑靥菊，温文尔雅、芳香扑鼻、步履优美地登上舞台时，好戏就开场了。

　　那是多么精彩的一出戏啊！当凄风冷雨拍打着门窗时，

睡眼惺忪的动物们安逸地躲在洞穴里，回想着日出前依旧凛冽的凌晨。那时，白蒙蒙的雾霭还没散去，紧紧地贴在水面。然后，灰色化成了金色，大地重又呈现出缤纷的色泽。动物们体验到早春下水的刺激，沿着河岸奔突跳跃的欢愉，感到大地、空气和水都变得光辉夺目。他们回想起夏日炎热的正午，在灌木丛的绿荫下昏昏然午睡，阳光透过浓荫，洒下小小的金色斑点；回想起午后的划船和游泳，沿着尘土飞扬的小径，穿越黄澄澄的田野，漫无目的地遨游；又回想起那长长的凉爽的黄昏，各路人马全都会齐，交流着友情，共同筹划明天新的历险。冬日的白昼是很短的，动物们围炉闲话时，可谈的话题多着哩。可是，鼹鼠还是有大量的空闲时间。于是，有一天下午，当河鼠坐在扶手椅上，对着一炉熊熊的火，时而打盹儿，时而编些不成韵的诗，鼹鼠便暗下决心，独自出门去探访那座野林，说不定碰巧还能结识獾先生哩。

那是一个寒冷静谧的下午，鼹鼠悄悄溜出暖融融的客厅，来到屋外。头顶上的天空如同纯钢似的发着青光。四周的旷野光秃秃，没有一片树叶。他觉得，他从来没有看得这样远，这样透彻。因为，大自然进入了她一年一度的酣睡，仿佛在睡梦中蹬掉了她全身的衣着。矮树林、小山谷、乱石坑，还有各种隐蔽的地方，在草木葱茏的夏天，曾是可供他探险的神秘莫测的宝地，现在却把它们自身和它们包藏的秘密裸露无遗，似乎在乞求他暂时忽视它们的破败贫瘠，直到来年再一次戴上它们

花里胡哨的假面具，狂歌乱舞，用老一套的手法作弄、瞒哄他。从某方面说是怪可怜的，可还是使他高兴，甚至使他兴奋。他喜欢这剥去了华丽衣装不加修饰的质朴的原野。他能够深深地进入大地的裸露的筋骨，那是美好、强健、淳朴的。他不要那暖融融的苜蓿，不要那轻轻摇摆的结籽的青草。山楂树篱的屏风，山毛榉和榆树的绿浪翻滚的帷幕，最好离得远远的。他欢欢喜喜地朝着野林快步前进。野林正横亘在他面前，黑压压的，怪吓人，像隆起在平静的海里的一排暗礁。

刚进野林时，并没有什么东西令他惊恐。枯枝在脚下断裂，噼啪作响，横倒的树干磕绊他的腿，树桩上长出的菌像漫画中的怪脸，乍看吓他一跳，因为它们酷似某种又熟悉又遥远的东西，可又怪有趣，使他兴奋不已。它们逗引他一步步往前走，进入了林中幽暗的深处。树越来越密，两边的洞穴，冲他张开丑陋的大口。前面后面，暮色迅速地逼拢来，包围了他；天光像落潮般地退走了。

就在这时，开始出现了各种鬼脸。

鬼脸出现在他肩后，他一开始模模糊糊觉得看到了一张面孔：一张歹毒的楔形小脸，从一个洞口向他窥望。他回过头来正对它看时，那东西却倏忽不见了。

他加快了脚步，关照自己千万别胡思乱想，要不然，幻象就会没完没了。他走过一个又一个洞口。是的！——不是！——是的！肯定是有一张尖尖的小脸，一对恶狠狠的眼睛，在一个洞里闪了一下，又没了。他迟疑了一下，又壮着胆子，强打精神往前走。可是突然间，远远近近几百个洞里钻出一张张脸，忽而显现，忽而消失，所有的眼睛都凶狠、邪恶、锐利，一齐用恶毒、敌对的目光盯住他。

他想，要是能离开土坡上的那些洞穴，就不会再看到面孔了。他拐了一个弯，离开小径，朝林中杳无人迹的地方走去。

接着，开始出现了哨音。

乍听到时，那声音很微弱，很尖细，在他身后很远很远的地方响起，不知怎的却促使他急急朝前赶。然后，仍旧很微弱很尖细的哨音，都在他前面很远很远的地方响起，使他踟蹰不前，想退回去。正当他犹豫不决站着不动时，哨音突然在他两侧响起来，像是一声接一声传递过去，穿过整座树林，直到最远的边缘。不管那是些什么东西，它们显然都警觉起来，准备好迎敌。可他却孤单一人，赤手空拳，孤立无援。而黑夜，已经迫近了。

然后，他听到了啪嗒啪嗒的声音。

起初，他以为那只不过是落叶声，因为声音很轻很细。后来，声音渐渐响了，而且发出一种有规律的节奏。他明白了，这不是别的，只能是小脚爪踩在地上发出的啪嗒声，不过声音离得还远。到底是在前面还是在后面？开头像在前面，过后又像在后面，再后来像前后都有。他焦虑不安地时而听听这边，时而听听那边，声音变得越来越响，越来越杂乱，从四面八方朝他逼拢。他站着不动，侧耳倾听。突然，一只兔子穿过树林朝他奔来。他等着，指望兔子放慢脚步，或者拐向别处。可是，兔子从他身边冲过，几乎擦到了他身上。兔子脸色阴沉，瞪着眼睛。"滚开，你这个笨蛋，滚！"兔子绕过一个树桩时，鼹鼠听到他这样咕噜了一声，然后便钻进邻近一个洞穴，不见了。

脚步声越来越响，如同骤落的冰雹，打在他四周的枯枝败叶上。整座树林仿佛都在奔跑，拼命狂奔，追逐，四下里包抄围捕什么东西，也许是什么人？他惊恐万状，撒腿就跑，漫无目的不明方向地乱跑。他忽而撞上什么东西，忽而摔倒在什么东西上，忽而落到什么东西里，忽而从什么东西下面蹿过，忽而又绕过什么东西。末了，他在一株老山毛榉树下一个深深的黑洞里找到了庇护所。这个洞给了他隐蔽藏身处——说不定还能给他安全，可谁又说得准呢？反正，他实在太累，再也跑不动了。他只能蜷缩在被风刮到洞里的枯叶里，希望能暂时避避难。他躺在那里，大口喘气，浑身哆嗦，听着外面的哨声和脚步声，他终于恍然大悟。原来，其他的田间和篱下的小动物最害怕见到的那种可怕的东西，河鼠曾煞费苦心防止他遇上的那种可怕的东西，就是——野林的恐怖！

这当儿，河鼠正暖和舒服地坐在炉边打盹儿。那页完成了一半的诗稿从膝上滑落下来，他头向后仰，嘴张着，正徜徉在

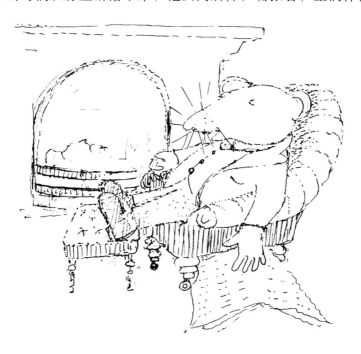

梦河里碧草如茵的河岸。这时，一块煤骨碌下来，炉火噼啪一声，蹿出一股火苗，把他惊醒了。他想起刚才在干什么，忙从地上捡起诗稿，冥思苦想了一阵，然后回过头来找鼹鼠，想向他请教一个恰当的韵脚什么的。

可鼹鼠不在。

他连喊了几声"鼹儿！"没人回答。他只得站起来，走到门厅里。

鼹鼠惯常挂帽子的钩子上，不见了帽子。那双一向放在伞架旁的靴子，也不翼而飞。

河鼠走出屋子，仔细观察泥泞的地面，希望找到鼹鼠的足迹。足迹找到了，没错。他的靴子是新买来准备过冬的，所以后跟上的小突起轮廓清晰。河鼠看到泥地上靴子的印痕，目的明确，径直奔野林的方向而去。

河鼠神情严肃，站着沉思了一两分钟。随后他转身进屋，将一根皮带系在腰间，往皮带上插几把手枪，又从大厅的一角抄起一根粗棒，撒腿朝野林走去。

他走到林边的第一排树时，天色已经昏暗下来，他毫不犹豫地径直钻进树林，焦急地东张西望，看有没有朋友的踪迹。到处都有不怀好意的小脸，从洞口探头探脑向外张望，可一看到这位威风凛凛的动物，看到他的那排手枪，还有紧攥在他手里的凶神恶煞的大棒，就立刻隐没了。刚进林子时分明听到的哨声和脚步声也都消逝了，止息了，一切又都归于宁静。他果敢地穿过整座树林，一直走到尽头，然后，撇开所有的小径，横穿树林，仔细搜索整个林区，同时不停地大声呼叫："鼹儿，鼹儿，鼹儿！你在哪儿？我来啦——鼠儿来啦！"

他在树林里耐心搜索了一个多小时，末了，他听到一声细

微的回答，不禁大喜。他循着声音的方向，穿过越来越浓的黑暗，来到一株老山毛榉树脚下。从树下的一个洞里，传出一个微弱的声音，说："鼠儿！真的是你吗？"

河鼠爬到洞里，找到了筋疲力尽、浑身发抖的鼹鼠。"哎呀，鼠儿啊！"他喊道，"可把我吓坏了，你简直想象不到！"

"噢，我完全能理解，"河鼠抚慰他说，"你真的不该来，不该这么干，鼹鼠。我曾极力劝阻你的。我们河边动物从不单独上这儿来。要来的话，起码也得找个伴儿同行，才不会有问题。而且，来以前你必须学会上百种窍门，那些我们都懂，可你不懂。我指的是有效的口令、暗号、口诀，衣兜里还要带上装备，要反复背诵某些诗句，经常练习逃避方法和技巧。你学会了，就全都很简单。作为小动物，你必须学会这些，否则就会遇到麻烦。当然喽，假如你是獾或者是水獭，那就另当别论了。"

"那，勇敢的蟾蜍先生，他该不怕独自来这里吧？"鼹鼠问。

"老蟾？"河鼠哈哈大笑，"他独自一个，才不会在这里露面哩，哪怕你给他整整一帽子的金币，他蟾蜍也不会来的。"

听到河鼠那爽朗的笑声，看到他手中的大棒和亮闪闪的手枪，鼹鼠大受鼓舞。他不再发抖，胆子也壮了，情绪也恢复了。

"现在，"河鼠当下说，"咱们真的必须打起精神，趁天还有一丝丝亮，赶回家去。在这儿过夜是万万不行的，你明白。至少是太冷了。"

"亲爱的鼠儿，"可怜的鼹鼠说，"实在对不起，可我真是累坏了，确确实实是累垮了。你得让我在这儿多歇会儿，恢复一下体力，才谈得到走回家去。"

"那好，"和善的河鼠说，"那就歇着吧。反正天已差不多全黑了，待会儿，该有点儿月光了。"

于是鼹鼠深深钻进枯树叶，伸开四肢，不一会儿就睡着了，尽管睡得时断时续，惊悸不安。河鼠为了取暖，也尽量把身子捂得严实些，一只爪子握着手枪，躺着耐心等待。

鼹鼠终于醒来，精神好多了，恢复了平日的情绪。河鼠说："好啦！我先去外面瞅瞅，看是不是平安无事，然后咱们真该开步走啦。"

河鼠来到洞口，探头向外望。鼹鼠听见他轻声自言自语说："呵，呵，麻烦啦！"

"出什么事了，鼠儿？"鼹鼠问。

"出雪啦，"河鼠简短地回答，"就是说，下雪啦。雪下得可冲哪！"

鼹鼠也钻出来，蹲在他身旁。鼹鼠向外望去，只见那座曾经吓得他失魂落魄的树林，完全变了样：洞穴、坑洼、池塘、陷阱，以及其他一些恐吓过路人的东西，通通迅速消失了。一层晶莹闪光的仙毯，蒙盖了整个地面，这仙毯看上去太纤巧了，粗笨的脚都不忍往上踩。漫天飘洒着细细的粉末，碰到脸上，痒痒的，很舒服。黝黑的树干，仿佛被一片来自地下的光照亮，显得清晰异常。

"唉，唉，没办法。"河鼠想了一会儿说，"我看，咱们还是出发，碰碰运气吧。糟糕的是，我辨不清咱们的方位。这场雪，使一切都改了模样。"

确实如此。鼹鼠简直认不出这就是原来那座树林了。不过，他们还是勇敢地上路了。他们选择了一条看似最有把握的路线，互相搀扶着，装出一副所向无敌的兴冲冲的样子，每遇见一株阴森沉默的新树，就认作一位老相识，或者面对那白茫茫的一片雪野和千篇一律的黑色树干，都硬装作是到了熟悉的空地、豁口或通道。

约莫过了一两个钟头——他们已完全失去了时间概念——他们停了下来，又沮丧、又倦乏、又迷惘，在一根横倒的树干上坐了下来，喘口气，考虑下一步该怎么办。他们已累得浑身酸痛，摔得皮破血流；他们好几次掉进洞里，弄得浑身湿透。雪已经积得很厚很厚，小小的腿几乎拔不出来。树越来越稠密，也越来越难以区分。树林仿佛无边无际，没有尽头，也没有差别，最糟的是，没有一条走出树林的路。

"咱们不能久坐，"河鼠说，"得再加把劲，采取点儿别的措施。天太冷了，雪很快就会积得更深，咱们蹚不过去了。"他朝四周张望，想了一阵，接着说："瞧，我想到这么一个办法：前面有一块谷地，那儿有许多小山包、小丘冈。咱

们去那儿找一处隐蔽的地方，一个有干地面的洞穴什么的，避避风雪。咱们先在那儿好好休息一阵子，再想法走出树林。咱们都累得够呛了。再说，雪说不定会停下来，或者会出现什么别的情况。"

于是，他们又站起来，踉踉跄跄走下谷地，去寻找一个山洞，或者一个干燥的角落，可以抵挡刺骨的寒风和飞旋的雪。正当他们在查看河鼠提到的一个小山包时，鼹鼠突然尖叫一声，脸朝下摔了个嘴啃泥。

"哎哟，我的腿！"他喊道，"哎哟，我可怜的小腿！"他翻身坐在地上，用两只前爪抱住一条腿。

"可怜的老鼹！"河鼠关切地说，"今儿个你好像不大走运，是不是？让我瞧瞧你的腿。"他双膝跪下来看，"是啊，你的小腿受伤了，没错。等等，让我找出手帕来给你包上。"

"我一定是被一根埋在雪里的树枝或树桩绊倒了，"鼹鼠惨兮兮地说，"哎哟！哎哟！"

"伤口很整齐，"河鼠再一次仔细检查他的腿，"绝不会是树枝或树桩划破的。看起来倒像是被什么锋利的金属家伙划的。怪事！"他沉吟了一会儿，观察着周围一带的山包和坡地。

"噢，管它是什么干的，"鼹鼠说，痛得连语法都顾不上了，"不管是什么划的，反正一样痛。"

可是，河鼠用手帕仔细包好他的伤腿后，就撂下他，忙着在雪里挖起来。他又刨又铲又掘，四条腿忙个不停，而鼹鼠在一旁不耐烦地等着，时不时插上一句："唉，河鼠，算了吧！"

突然，河鼠一声喊："啊哈！"跟着又是一连串的"啊哈——啊哈——啊哈——啊哈！"他竟在雪地里跳起舞来。

"鼠儿，你找到什么啦？"鼹鼠问，他还在抱着自己的腿。

"快来看哪！"心花怒放的河鼠一边说，一边还跳着舞。

鼹鼠一瘸一拐地走过去，看了又看。好半晌，他慢吞吞地说："哦，我瞧得真真切切。这类东西以前也见过，见得多啦。我管它叫家常物品。只不过是一只大门口的刮泥器！有什么了不起！干吗围着一只刮泥器跳舞？"

"难道你还不明白这意味着什么吗？你呀，你这个呆瓜！"河鼠不耐烦地喊道。

"我当然明白啦，"鼹鼠回答说，"这只不过说明，有个粗心大意爱忘事的家伙，把自家门前的刮泥器丢在了野林中央，不偏不倚就扔在什么人都会给绊倒的地方。我说，这家伙也太缺德了。等我回到家时，我非向——向什么人——告他一状不可，等着瞧吧！"

　　"天哪！天哪！"看到鼹鼠这么迟钝不开窍，河鼠无可奈何地喊道，"好啦，别斗嘴了，快来和我一道刨吧！"他又动手干了起来，掘得四周雪粉飞溅。

　　又苦干了一阵子，他的努力终见成效，一块破旧的擦脚垫露了出来。

　　"瞧！我说什么来着！"河鼠扬扬得意地欢呼起来。

　　"什么也不是，"鼹鼠一本正经地说，"好吧，你像是又发现了一件家用杂物，用坏了被扔掉的，我想你一定开心得很。要是你想围着它跳舞，那就快跳，跳完咱们好赶路，不要再为这些破烂垃圾浪费时间啦。一块擦脚垫，能当饭吃吗？能

46

当毯子盖着睡觉吗？能当雪橇坐上滑回家吗？你这个叫人恼火的啮齿动物！"

"你当真认为，"兴奋的河鼠喊道，"这块擦脚垫不能说明任何问题吗？"

"真是，河鼠，"鼹鼠烦躁地说，"我认为，这套荒唐的游戏，咱们已经玩够了。谁又听说过，一块擦脚垫能说明什么问题？擦脚垫是不会说什么的。它们根本不是那种货色。擦脚垫懂得自己的身份。"

"你听着——你这个呆瓜。"河鼠回答说，他真的火了，"别再跟我来这一套！一句话也甭说，只管刨——刨，挖，掘，找，特别是在小山包四周找。要是你今晚想有个干干爽爽暖暖和和的地方睡上一觉，这就是最后的机会！"

河鼠冲他们身边的一处雪坡发起猛攻，用他的粗棒到处捅，又发疯似的挖着。鼹鼠也忙着刨起来，不为别的，只为讨好河鼠，因为他相信，他的朋友头脑有点儿发疯了。

苦干了约十分钟光景，河鼠的棍棒敲到了什么东西，发出空洞的声音。又刨了一阵，可以伸进一只爪子去摸了。他叫鼹鼠过来帮忙。两只动物一齐努力，终于，他们的劳动成果赫然出现在眼前，把一直持怀疑态度的鼹鼠惊得目瞪口呆。

就在看去像是一个雪坡的旁边，立着一扇漆成墨绿色的坚实的小门。门边挂着铃绳的铁环，铃绳下有一块小小的黄铜牌子，牌子上用工整的楷书清晰地刻着几个字，借着月光，可以辨认出是：**獾先生**。

鼹鼠又惊又喜，仰面倒在了雪地上。"河鼠！"他懊悔地喊道，"你真了不起！你呀你，实在是了不起！现在我全明白了！打一开头，打从我摔伤了腿的那一刻起，你就用你那聪

明的头脑，一步一步琢磨出个道理来。一看我的伤口，你那个
顶呱呱的脑子马上就对自己说：'是刮泥器划破的！'跟着你
就去找，果然找到了那只刮泥器！你是不是就此打住呢？换了
别人，就会满足了，可你不。你继续运用你的智慧。你对自己
说：'要是再找到一块擦脚垫，我的推理就得到了证实！'擦
脚垫果然找到了。你太聪明了，我相信，凡是你想找到的，你

都能找到。'好啦,'你说,'明摆着,这儿一定有一扇门,下面要做的,只是把门找出来就行啦!'嗯,这种事,我只在书本上读到过,在生活中可从没遇到过。你应该到那种能大显身手的地方去。待在我们这伙人当中,你简直大材小用了。我要是有你那么一副头脑就好了。鼠儿——"

"既然你没有,"河鼠毫不客气地打断他的话头,"那你是不是要通宵达旦坐在雪地里唠叨个没完?快起来,瞧见那根铃绳吗?使劲拉,有多大劲就使多大劲,我来砸门!"

在河鼠用他的棒子敲门时,鼹鼠一跃而起,一把抓住铃绳,两脚离地,整个身子吊在绳子上晃荡。老远老远,他们隐隐听到一阵低沉的铃声响了起来。

4

獾先生

他们耐着性子等，似乎等了很久很久，不住地在雪地上跺脚，好让脚暖和一点儿。末了，终于听到里面踢里趿拉的脚步声，缓缓由远而近，来到门边。这声音，正如鼹鼠对河鼠说的，像是有人趿着毡子拖鞋走路，鞋太大，而且破旧。鼹鼠很聪明，他说得丝毫不差，事实正是这样。

里面响起了拉门闩的声音，门开了几寸宽的一条缝，刚够露出一只长长的嘴，一双睡意惺忪地眨巴着的眼睛。

"哼，下回要是再碰上这事，"一个沙哑的怀疑的声音说，"我可真要生气了。这是谁呀？深更半夜，这种天气，吵醒别人睡觉？说话呀！"

"獾哪，"河鼠喊道，"求求你，让我们进去吧。是我呀，河鼠，还有我的朋友鼹鼠，我们两个在雪地里迷了路。"

"怎么？鼠儿，亲爱的小伙子！"獾喊道，整个换了个声调，"快进来，你们俩。哎呀，你们一定是冻坏了。真糟糕！在雪地里迷了路！而且是在深更半夜的野林里！快请进来吧。"

两只动物急着要挤进门去，互相绊倒了，听到背后大门关上的声音，都感到无比快慰。

獾穿着一件长长的晨衣，脚上趿的拖鞋，果然十分破旧。

他爪子里擎着一个扁平的烛台，大概在他们敲门时，正要回卧室睡觉。他亲切地低头看着他们，拍拍他俩的脑袋。"这样的夜晚，不是小动物们该出门的时候，"他慈爱地说，"鼠儿，恐怕你又在玩什么鬼把戏了吧。跟我来，上厨房。那儿有一炉好火，还有晚餐，应有尽有。"

獾举着蜡烛，踢里趿拉走在前面，他俩紧随在后，互相会心地触触胳膊肘，表示有好事将临。他们走进了一条长长的幽暗的破败不堪的过道，来到一间中央大厅模样的房间。从这里，可以看到另一些隧道，呈树枝状分岔出去，显得幽深神秘，望不到尽头。不过大厅里也有许多门——厚重的橡木门，看起来很安逸。獾推开了其中的一扇门，霎时间，他们发现自己来到了一间炉火通红、暖意融融的大厨房。

地板是红砖铺的，已经踩得很旧，宽大的壁炉里，燃着木柴，两副很可爱的炉角，深深固定在墙里，冷风绝不会倒刮进来。壁炉两边，面对面摆着一对高背长凳，是专为喜好围炉长谈的客人准备的。厨房正中，立着一张架在支架上不曾上漆的木板长桌，两边摆着长凳。餐桌的一端，一张扶手椅已推回原位，桌上还摊着獾先生吃剩的晚餐，饭菜平常，但很丰盛。厨房的一端，柜橱上摆着一摞摞一尘不染的盘碟，冲人眨着眼；头上的椽子上面，吊挂着一只只火腿，一捆捆干菜，一兜兜葱头，一筐筐鸡蛋。这地方，很适合凯旋的英雄们欢聚饮宴；疲劳的庄稼汉好几十人围坐桌旁，开怀畅饮，放声高歌，欢庆丰收；而富有雅兴的二三好友也可以随便坐坐，舒心惬意地吃喝、抽烟、聊天。赭红的砖地，朝着烟雾缭绕的天花板微笑；使用日久磨得锃亮的橡木长凳，愉快地互相对视；食橱上的盘碟，冲着碗架上的锅盆咧嘴大笑；而那炉欢畅的柴火，闪烁跳跃，用自己的光一视同仁地照亮了屋里所有的东西。

和善的獾把他俩推到一对高背长凳上坐下，让他们对着火，又叫他们脱下湿衣湿靴。他给他们拿来晨衣和拖鞋，并且亲自用温水给鼹鼠洗小腿，用胶布贴住伤口，直到小腿变得完好如初。在光和热的怀抱里，他们终于感到干爽暖和了。他们把疲乏的腿高高伸在前面，听着背后的餐桌上杯盘诱人的叮当声，这两只饱受暴风雪袭击的动物，现在稳坐在安全的避风港。他们刚刚摆脱的又冷又没出路的野林，仿佛已经离他们老远老远，他们遭受的种种磨难，似乎都成了一个几乎忘掉的梦。

等他们完全烘干了，獾就请他们去餐桌吃饭，他已为他们备好了一顿美餐。他们早就饥肠辘辘了，可是看到晚饭真的摆在面前时，却不知从哪儿下手，因为样样食物都叫人馋涎欲滴，吃了这样，不知别样会不会乖乖地等着他们去光顾。好半晌，谈话是根本顾不上了。等到谈话慢慢开始时，又因为嘴里塞满了食物，说起话来也怪为难的。好在獾对这类事毫不介意，也不注意他们是否把胳膊肘撑在桌上，或者是不是几张嘴同时说话。他自己既然不参与社交生活，就形成了一个观念，认为这类事无足轻重。（当然，我们知道他的看法不对，太狭隘了；因为这类事还是重要的，不过要解释清楚为什么重要，太费时间了。）他坐在桌首一张扶手椅上，听两只动物谈他们的遭遇，不时严肃地点点头。不管他们讲什么，他都不露出诧异或震惊的神色，也从不说"我关照过你们"，或者"我一直都这么说的"，或者指出他们本该干什么，不该干什么。鼹鼠对他很有好感。

晚饭终于吃完了，每只动物现在都感到肚子饱饱的，又

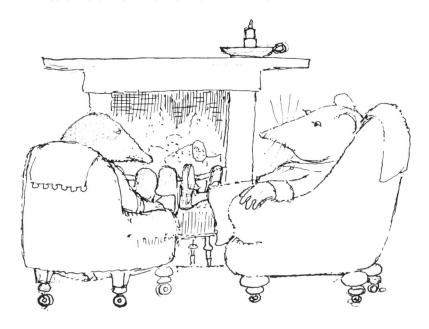

十分安全，不必惧怕任何人或任何事，于是他们围坐在红光熠熠的一大炉柴火余烬旁，心想，这么晚的时光，吃得这么饱，这么无拘无束地坐着，多么开心啊。他们泛泛地闲聊了一阵以后，獾便亲切地说："好吧，给我说说你们那边的新闻吧。老蟾怎样啦？"

"唉，越来越糟啦。"河鼠心情沉重地说。鼹鼠这时蜷缩在高背凳上，烤着火，脚后跟跷得比头还高，也竭力做出悲伤的样子。"就在上星期，又出了一次车祸，而且撞得很重。你瞧，他硬要亲自开车，可他又特无能。要是雇一个正经、稳重、训练有素的动物为他开车，付给高薪，把一切交给司机，那就什么问题也没有了。可他偏不，他自以为是个天生的、无师自通的好驾驶员，这么一来，车祸就接连不断了。"

"有多少回？"獾阴郁地问。

"你是说——出的车祸，还是买的车？"河鼠问，"噢，对蟾蜍来说，反正都是一回事。这已是第七回了。至于另外的——你见过他那间车库吧？哼，全堆满了——半点儿也不夸张，一直堆到天花板——全是汽车碎片，没有一块有你的帽子大！这就是另外那六次的归宿——如果算得上是归宿。"

"他住医院就住过三次，"鼹鼠插嘴说，"至于他不得不付的罚款嘛，想起来都叫人害怕。"

"是啊，这是麻烦的一个方面，"河鼠接着说，"蟾蜍有钱，这我们都知道；可他并不是百万富翁呀。说到驾驶汽车的技术，他简直蹩脚透了，开起车来根本不顾法律和规则。他早晚不是送命就是破产——二者必居其一。獾呀！咱们是他的朋友，该不该拉他一把？"

獾苦苦思索了一阵，最后他严肃地说："是这样，你们当然知道，目前，我是爱莫能助呀！"

两位朋友都同意他的话，因为他们理解他的苦衷。按照动物界的规矩，在冬闲季节，不能指望任何动物去做任何费劲的或者英勇的举动，哪怕只是比较活跃的举动。所有的动物都昏昏欲睡，有的真的在睡。所有的动物，多多少少都由于气候的关系待在家里，闭门不出。在前一段时间，所有的动物全身的肌肉都绷得紧紧的，体力都耗费到极点。所以，经过前一段日日夜夜的辛勤劳动后，所有的动物都歇了下来。

"就这样吧！"獾说，"不过，等到新的一年开始，黑夜变短的时候，人到半夜就躺不住了，盼望天一亮就起来活动，到那时就可以——你们明白的！"

两只动物严肃地点点头。他们明白！

"好，到那时候，"獾接着说，"咱们——就是说，你和我，还有我们的朋友鼹鼠——咱们要对蟾蜍严加管束。不许他胡闹。要让他恢复理性，必要的话，要对他采取强制措施。咱们要使他变成一只明智的蟾蜍。咱们要——喂，河鼠，你睡着了！"

"没有的事！"河鼠猛地打了个哆嗦，醒来了。

"自打吃过晚饭，他都睡过两三次啦。"鼹鼠笑着说。他自己却挺清醒，甚至挺精神，虽然他也不明白为什么会这样。当然，这是因为，他原本就是一只地下生地下长的动物，獾的住宅的位置正合他心意，所以他感到舒适自在。而河鼠呢，他夜夜都睡在敞开窗户的卧室里，窗外就是一条微风习习的河，自然会觉得这里的空气静止而憋闷喽。

"好吧，是该上床睡觉的时候了。"獾说，起身拿起平底烛台，"你们二位跟我来，我领你们去你们的房间。明天早上不必急着起床——早餐时间任凭自便。"

他领着两只动物来到一间长长的房间，一半像卧室，一半像贮藏室。獾的过冬贮备，确实随处可见，占据了半间屋——一堆堆的苹果、萝卜、土豆，一筐筐的干果，一罐罐的蜂蜜；可是另半间地板上，摆着两张洁白的小床，看上去很柔软很招人喜欢。床上铺着的被褥虽然粗糙，却很干净，闻着有股可爱的薰衣草香味。只用半分钟，鼹鼠和河鼠就甩掉身上的衣服，一骨碌钻进被子，感到无比快乐和满意。

遵照关怀备至的獾的嘱咐，两只困乏的动物第二天很晚才下楼去吃早饭。他们看到，炉里已经生起明灿灿的火，有两只小刺猬正坐在餐桌旁的板凳上，就着木碗吃麦片粥。一见他们进来，刺猬立刻放下匙子，站起来，恭恭敬敬向他们深鞠一躬。

"行啦，坐下，坐下，"河鼠高兴地说，"接着吃你们的粥吧。你们两个小家伙是打哪儿来的？雪地里迷了路，是不是？"

"是的，先生，"年纪大些的那只刺猬恭敬地说，"俺和

这个小比利，正寻路去上学——妈非要我们去上学，说天气向来是这样——自然，我们迷了路，先生。比利他年纪小，胆儿小，他害怕，哭了。末了，我们碰巧来到獾先生家的后门，就壮着胆子敲门，先生，因为谁都知道，獾先生他是一位好心肠的先生——"

"这我明白。"河鼠边说边给自己切下几片咸肉，同时，鼹鼠往平底锅里打下几只鸡蛋。"外面天气怎么样了？你不用老管我叫'先生''先生'的。"河鼠又说。

"噢，糟透了，先生，雪深得要命，"刺猬说，"像你们这样的大人先生，今儿个可出不了门儿。"

"獾先生上哪儿去了？"鼹鼠问，他正在炉火上温咖啡。

"老爷他上书房去了，先生。"刺猬回答说，"他说他今儿上午特忙，不要人打搅他。"

这个解释，在场的每一位自然都心领神会。事实上，就像我们前面提到过的，一年当中你有半年过着极度紧张活跃的生活，而另外半年处在半睡或全睡的状态，在后一段时间里，如果家里来了客人，或者有事需要办理，你总不好老是推说自己犯困吧。这样的解释说多了，会叫人厌烦。几只动物都明白，獾饱饱地吃过一顿早饭以后，回到书房，就会倒在一张扶手椅上，双腿架在另一张扶手椅上，脸上盖着条红手帕，忙他在这个季节照例要"忙"的事去了。

前门的门铃大响，河鼠正嚼着抹了黄油的烤面包片，满嘴流油，就派那个小一点儿的刺猬比利去看是谁来了。厅里一阵跺脚声，比利回来了，后面跟着水獭。水獭扑到河鼠身上，搂住他，大声向他问好。

"走开！"河鼠嘴里塞得满满的，忙不迭地乱喊。

　　"我就知道，准能在这儿找到你们的，"水獭兴高采烈地说，"今天我一早去河边，那儿的人正惊恐万状哩。他们说，河鼠整宿没在家，鼹鼠也是——准是发生了什么可怕的事。自然，大雪把你们的脚印全盖上了。可我知道，人们遇到麻烦时，十有八九要来找獾，或者，獾也总会了解些情况，所以我就穿过野林，穿过雪地，直奔这儿来了。哎呀呀，天气可好啦！过雪地时，红太阳刚刚升起，照在黑黢黢的树干上。我在静悄悄的林子里走着，时不时，一大团雪从树枝上滑落下来，噗的一声，吓我一跳，赶忙跳开，找个地方躲起来。一夜之间，忽然冒出那么多的雪城、雪洞，还有雪桥、雪台和雪墙——要依我，真想跟它们一连玩上几个钟头。许多地方，粗大的树枝被积雪压断了，知更鸟在上面蹦蹦跳跳，神气活现，好像那是他们干的。一行大雁，串成一条零乱的线，在高高的灰色天空里掠过头顶。几只乌鸦在树梢上盘旋，巡视了一遭，又带着不屑一顾的神情，拍着翅膀飞回家去了。可我就是没遇上一只头脑清醒的动物，好向他打听消息。大约走过林子的一半时，我遇上一只兔子，坐在树桩上，正用爪子洗他那张傻里傻气的脸。我悄悄溜到他背后，把一只前爪重重地搭在他肩上，这下可把他吓掉了魂。我只好在他脑瓜上拍打两下，才使他稍稍清醒过来。我终于从他嘴里掏出话来，他说，他们有人昨夜在野林里瞅见鼹鼠来着。他说，兔子洞里，大伙儿都七嘴八舌议论，说河鼠的好朋友鼹鼠遇上麻烦啦。说他迷了路，他们全都出来追逐他，撵得他团团转。'那他们干吗不帮他一手？'我问，'老天爷也许没赏你们一副好脑子，可你们有成百成千，个个长得膘肥体壮，肥得像奶油，你们的洞穴四通八达，满可以领他进洞，让他安全舒适地住下，至少可以试一试嘛。''什么，我们？'他只是说，'帮助他？我们这群兔子？'我只好又给了他一记耳光，扔下他走了。没有别的办法。不过我好歹还是从他那儿得到了一点儿消息。要是我当时再遇上一只兔子，说不定还能多打听到什么——起码还能多给他们一点儿教训。"

"那你一丁点儿也不——呃——不紧张吗？"鼹鼠问。提起野林，昨天的恐怖又袭上心头。

"紧张？"水獭大笑，露出一口闪亮坚实的白牙，"他们哪个敢碰我一碰，我就叫他吃不了兜着走！鼹鼠，好小伙，给我煎几片火腿吧，我可饿坏了。我还有许多话要跟河鼠讲。好久好久没见到他了。"

和气的鼹鼠切了几片火腿，吩咐刺猬去煎，自己又回来光顾他的早饭。水獭和河鼠两个脑袋凑在一堆，叽叽喳喳，起劲地谈着他们那条河上的老话，谈起来就像那滔滔不绝的河水，没有个尽头。

一盘煎火腿刚扫荡一空，盘子又送回去再添。这时獾进来了，打着哈欠，揉着眼睛，简单地向每个人问好。"到吃午饭的时候了，留下和我们一道吃吧，早晨这么冷，你准是饿了吧。"

"可不！"水獭回答，冲鼹鼠挤了挤眼，"看到两只馋嘴的小刺猬一个劲儿往肚里填煎火腿，真叫我饿得慌。"

两只刺猬，早上吃过麦片粥，就忙着煎炸，现在又觉得饿了。他们怯生生地抬头望着獾先生，不好意思开口。

"得啦，你们两个小家伙回去找妈妈吧，"獾慈祥地说，"我派人送送你们，给你们带路。我敢说，你们今天用不着吃午饭了。"

他给了他们每人一枚六便士硬币，拍了拍他们的脑袋。他们毕恭毕敬挥着帽子，行着军礼，走了。

跟着，他们都坐下来吃午饭。鼹鼠发现，他被安排挨着獾先生坐，而那两位还在一门心思聊他们的河边闲话，于是乘机对獾表示，他在这儿感到多么舒适，多么自在。"一旦回到地下，"他说，"你心里就踏实了，什么事也不会落在你头上，什么东西也不会扑到你身上。你完完全全成了自己的主人，不必跟什么人商量合计，也不必管他们说些什么。地面上一切照常，只管由他去，不必替他们操心。要是你乐意，你就上去，他们都在那儿等着你哪。"

獾只冲他愉快地微微一笑。"这正是我要说的，"獾回答，"除了在地下，哪儿也不会有安全，不会有太平和清净。再说，要是你的想法变了，需要扩充一下地盘，那么，只消挖一挖，掘一掘，就全齐啦！要是你嫌房子太大，就堵上一两眼洞，又都齐啦！没有建筑工人，没有小贩的吵闹，没有人爬在墙头窥探你的动静，指指点点，说三道四，尤其是，不会受天气的干扰。瞧瞧河鼠吧，河水上涨一两尺，他就得搬家，另租房子住，既不舒服，又不方便，租金还贵得吓人。再说蟾蜍吧，蟾宫嘛，那倒没什么说的，就房子来说，它在这一带是数一数二的，可万一着了火——蟾蜍上哪儿去？万一屋瓦给大风刮掉了，或者屋墙倒塌了，裂了缝，或者窗玻璃打破了——蟾蜍上哪儿去？要是屋里灌冷风——我是最讨厌冷风的——蟾蜍怎么办？不。上地面，到外面去游游逛逛，弄回些过日子的东西，固然不错，可最终还得回到地下来——这就是我对家的观念！"

鼹鼠打心眼儿里赞同獾的看法，因此獾对他很有好感。"吃过午饭，"獾说，"我领你各处转转，参观参观寒舍。你一定会喜欢这地方的。你懂得住宅建筑应该是个啥样子，你懂。"

午饭过后，当那两位坐到炉前，就鳝鱼这个话题激烈地争论起来时，獾便点起一盏灯笼，叫鼹鼠跟随他走。穿过大厅，他们来到一条主隧道。灯笼摇曳的光，隐隐照出两边大大小小的房间，有的只是些小储藏间，有的则宽大气派，有如蟾宫的宴会厅。一条垂直交叉的狭窄通道，把他们引向另一条长廊，这里，同样的情况再次出现。整个建筑规模庞大，枝杈纷繁，幽暗的通路很长很长，储藏室的穹顶很坚实，存满了各种东西。处处是泥水结构，廊柱、拱门、路面——一切一切，看得鼹鼠眼花缭乱。"我的天！"最后他说，"你怎么有时间、精力干这许多事？实在令人惊讶！"

"如果这都是我干的，"獾淡淡地说，"那倒真是令人惊讶。可事实上，我什么也没干——我只不过依我的需要，清扫了通道和居室罢了。这类洞穴，周围一带还有多处。我知道，你听不明白，让我给你解释。事情是这样的：很久以前，就在这片野林覆盖的地面上，有过一座城池——人类的城池。他们就在我们站着的这地方居住，走路，睡觉，办事。他们在这里设马厩，摆宴席，从这里骑马出发去打仗，或者赶车去做生意。他们是个强大的民族，很富有，很擅长建筑。他们盖的房屋经久耐用，因为他们以为，他们的城市是永存不灭的。"

"那后来，他们全都怎么样了？"鼹鼠问。

"谁知道呢？"獾说，"人们来了，繁荣兴旺了一阵子，

大兴土木——过后又离开了。他们照例总是这样来来去去。可我们始终留下不走。听说，在那座城池出现很久很久以前，这儿就有獾。如今呢，这儿还是有獾。我们是一批常住的动物。我们也许会迁出一段时间，可我们总是耐心等待，过后又迁回来了。永远是这样。"

"嗯，那些人类终于离开以后又怎样呢？"鼹鼠问。

"他们离开以后，"獾接着说，"一年又一年，狂风暴雨不停地侵蚀这地方，我们獾说不定也推波助澜，谁知道呢？于是这城池就往下陷，陷，陷，一点儿一点儿地坍塌了，夷平了，消失了。然后，又一点儿一点儿往上长，长，长，种子长成树苗，树苗长成大树，荆棘和羊齿植物也来凑热闹。腐植土积厚了又流失了；冬天涨潮时溪流裹带着泥沙淤积起来，覆盖了地面。久而久之，我们的家园又一次准备好了，于是我们搬了进来。在我们头上的地面上，同样的情况也在发生。各种动物来了，看上了这块地方，也安居下来，繁衍兴旺。动物们从不为过去的事操心，他们太忙了。这地方丘陵起伏，布满了洞穴；这倒也有好处。将来，说不定人类又会搬进来，住一段时间，这是很可能的事，不过动物们也不为将来的事操心。野林现在已经住满了动物，他们照例总是有好有坏，也有不好不坏的——我不提他们的名。世界原是由各色各样的生灵构成的嘛。我想，你现在对他们多少也有些了解吧。"

"正是。"鼹鼠说，微微打了个寒战。

"得啦，得啦，"獾拍拍他的肩头说，"你这是头回接触他们。其实，他们也并不真那么坏；咱们活，也让别人活嘛。不过，我明天要跟他们打个招呼，那样，你以后就不会再遇到麻烦了。在这个地区，但凡是我的朋友，都可以畅行无阻，要不然，我就要查明原因何在！"

他们又回到厨房时，只见河鼠正焦躁不安地来回踱步。地下的空气压迫他，使他神经紧张，他像是真的担心，要是再不回去照看那条河，河就会跑掉似的。他穿上外套，把一排手枪插在腰带上。"来吧，鼹鼠，"他一见鼹鼠和獾，就急切地说，"咱们得趁白天的时光回去。不能在野林里再过一夜了。"

"这不成问题，亲爱的朋友，"水獭说，"我陪你们一道走。我就是蒙上眼睛，也认得出每一条路。要是有哪个家伙欠揍，看我不好好揍他一顿。"

"河鼠，你不必烦恼。"獾平静地说，"我的通道比你想象的要长得多。我还有许多避难孔，从几个方向通往树林的边缘，只是我不愿让外人知道就是了。你真要走的话，你们可以抄一条近道。眼下，尽管安下心来，再坐一会儿。"

然而，河鼠还是急着要回去照看他的河，于是獾又打起灯笼，在前面领路，穿过一条曲曲弯弯的隧道，洞里潮湿、憋闷，滴着水，一部分有穹顶，一部分是从坚硬的岩石里凿开的。走了很累人的一段长路，似乎有好几里长，末了，透过悬在隧道出口处杂乱的草木，终于看到了零碎的天光。獾向他们匆匆道了别，快快地把他们推出洞口，然后用藤蔓、断枝、枯叶把洞口隐蔽好，尽可能不露痕迹，就转身回去了。

他们发现自己已站在野林的边上。后面岩石、荆棘、树根，杂乱无章地互相堆砌缠绕，前面是一望无际的宁静的田野，被雪地衬得黑黝黝的一行行树篱，镶着田野的边。再往前，就见那条老河在闪闪发光，冬天的太阳红彤彤的，低悬在天边。水獭熟悉所有的小道，他负责带领他们走一条直线，来到远处的一个栅栏门。他们在那儿歇了歇脚，回头眺望，只见那座庞大的野林，密密层层，严严实实，阴阴森森，嵌在一望无际的白色原野当中，显得好怕人。他们不约而同掉转身来，急忙赶路回家，奔向炉火和火光映照下熟悉的东西，奔向窗外那条欢唱的河。他们熟悉那条河的种种脾性，他们信赖它，因为它绝不会做出使他们惊恐的怪异行径。

鼹鼠匆匆赶路，急切巴望着到家，回到他熟悉和喜爱的事物中去。这时，他才清楚地看到，他原是一只属于耕地和树篱的动物，与他息息相关的是犁沟，是他常来常往的牧场，是他在暮色中流连忘返的树夹道，是人们培植的花园草坪。至于严酷的环境，顽强的忍受，或者同狂暴的大自然进行货真价实的冲突较量，让别的动物去承受吧。他必须放聪明些，老老实实厮守着他的乐土。那是他祖祖辈辈繁衍生息的所在，那里也自有种种探险奇遇，足够他消遣解闷一辈子的了。

5

重返家园

　　羊群紧紧地挤在一起，薄薄的鼻孔喷着气，纤细的前蹄不停地跺着地面，仰着脑袋朝羊栏奔去。羊群里腾起一股蒸汽，冉冉上升到寒冷的空气里。河鼠和鼹鼠边说边笑，兴冲冲地匆匆走过羊群。一整天，他们和水獭一道在广阔的高地上打猎探奇，那儿是注入他们那条大河的几条山涧的源头。现在他们正穿越田野往家走。冬天短短的白昼将尽，暮色向他们逼来，可他们离家还有相当长的路程。他们正跟跟跄跄在耕地里乱走时，听到绵羊的咩咩声，就循声走来。现在，他们看到从羊栏那边伸过来一条踩平的小道，路好走多了。而且，他们凭着所有的动物天生具有的那种嗅觉，准确地知道，"没错，这条路是通向家的！"

　　"看来，前面像是一个村庄。"鼹鼠放慢了脚步，疑疑惑惑地说。因为，那条被脚踩出来的小道，先是变成了一条小径，然后又扩大成一条树夹道，最后引他们走上了一条碎石子路。村庄不大合两只动物的口味，他们平时常常过往的公路，是另一条道，避开了教堂、邮局或酒店。

　　"噢，没关系，"河鼠说，"在这个季节，这个时辰，男人呀，女人呀，小孩儿呀，狗呀，猫呀，全都安安静静待在家里烤火。咱们可以人不知鬼不觉地溜过去，不会惹是生非的。如果你

愿意，咱们还可以从窗外偷瞧几眼，看看他们都在干什么。"

当他们迈着轻柔的脚步，踏着薄薄一层粉状的雪走进村庄时，十二月中旬迅速降临的黑夜已经笼罩了小小的村庄。除了街道两边昏暗的橘红色方块，几乎什么也看不见。透过那些窗子，每间农舍里的炉火光和灯光，涌流到外面黑洞洞的世界。这些低矮的格子窗，多半都不挂窗帘，屋里的人也不避讳窗外的看客。他们围坐在茶桌旁，一心一意在干手工活儿，或者挥动手臂大声说笑，人人都显得优雅自如，那正是技艺高超的演员所渴求达到的境界——丝毫没有意识到面对观众的一种自然境界。这两位远离自己家园的观众，随意从一家剧院看到另一家剧院。当他们看到一只猫被人抚摩，一个瞌睡的小孩儿被抱到床上，或者一个倦乏的男人伸懒腰，并在一段冒烟的木柴尾端磕打烟斗时，他们的眼睛里不由得露出某种渴望的神情。

然而，有一扇拉上窗帘的小窗，在黑暗里，只显出半透明的一方空白。只有在这里，家的感觉，斗室内帷帘低垂的小天地的感觉，把外面的自然界——那个紧张的大世界关在门外并且遗忘掉的感觉，才最为强烈。紧靠白色的窗帘，挂着一只鸟笼，映出一个清晰的剪影。每根铁丝，每副栖架，每件附属物，甚至昨天的一块舔圆了角的方糖，都清晰可辨。栖在笼子中央一根栖架上的那只毛茸茸的鸟儿，把头深深地埋在羽翼里，显得离他们很近，仿佛伸手就能摸到似的。他那圆滚滚的羽毛身子，甚至那些细细的羽尖，都像在那块发光的屏上描出来的铅笔画。正当他俩看着，那只睡意沉沉的小东西不安地动了动，醒了，他抖抖羽毛，昂起头。在他懒洋洋地打哈欠时，他们能看到他细小的喙张得大大的，他向四周看了看，又把头埋进翅下，蓬松的羽毛渐渐收拢，静止不动了。这时，一阵凛冽的风刮进他俩的后脖子，冰冷的雨雪刺痛了他们的皮肤，他们仿佛从梦中惊醒，感到脚趾发冷，两腿酸累，这才意识到，他们离自己的家还有一段长长的路需要跋涉。

一出村庄，茅屋立时就没有了。在道路两旁，他们又闻到友好的田地的气息，穿过黑暗向他们扑来。于是他们打起精神，走上最后一段征途。这是回家的路，这段路，他们知道早晚是有尽头的。那时，门闩咔嚓一响，眼前突然出现炉火，熟悉的事物像迎接久别归来的海外游子一样欢迎他们。他们坚定地走着，默默不语，各想各的心事。鼹鼠一心想着晚饭。天已经全黑了，四周都是陌生的田野，所以他只管乖乖地跟在河鼠后面，由着河鼠给他带路。河鼠呢，他照常走在前面，微微佝偻着双肩，两眼紧盯着前面那条笔直的灰色道路。因此，他没

怎么顾到可怜的鼹鼠。就在这当儿，一声召唤，如同电击一般，突然触到了鼹鼠。

我们人类，久已失去了较细微的生理感觉，甚至找不到恰当的词汇来形容一只动物与他的环境——有生命的或无生命的——之间那种息息相通的交流关系。比如说，动物的鼻孔内日夜不停地发出嗡嗡作响的一整套细微的颤动，如呼唤、警告、挑逗、排拒等，我们只会用一个"嗅"字来概括。此刻，正是这样一种来自虚空的神秘的仙气般的呼声，透过黑暗，传到了鼹鼠身上。它那十分熟悉的呼吸，刺激得鼹鼠浑身震颤，尽管他一时还记不起那究竟是什么。走着走着，他忽然定在那儿，用鼻子到处嗅，使劲去捕捉那根细丝，那束强烈地触动了他的电流。只一会儿，他就捉住它了，随之而来的是狂潮般涌上心头的回忆。

家！这就是它们向他传递的信息！一连串亲切的请求，一连串从空中飘来的轻柔的触摸。一只只无形的小手又拉又拽，全都朝着一个方向！啊，此刻，它一定就近在眼前，他的老家，自打他第一次发现大河，就匆匆离去，再也不曾返顾的

家！现在，它派出了探子和信使，来寻访他，带他回来。自打那个明媚的早晨离家出走后，他就沉浸在新的生活里，享受这生活带给他的一切欢乐、异趣、引人入胜的新鲜体验；至于老家，他连想也不曾想过。现在，历历往事，一拥而上，老家便在黑暗中清晰地呈现在眼前。他的家尽管矮小简陋，陈设贫乏，却是属于他的，是他为自己建造的家园，是他在劳碌一天之后愉快地回归的家园。这个家，显然也喜欢他，思念他，盼他回来。家正在通过他的鼻子，悲切地、哀怨地向他诉说，并不愤懑，并不恼怒，只是凄楚地提醒他：家就在这儿，它需要他。

这呼声是清晰的，这召唤是明确的。他必须立即服从，回去。"鼠儿！"他满腔喜悦，兴奋地喊道，"停一下！回来！我需要你，快！"

"噢，走吧，鼹鼠，快来呀！"河鼠兴冲冲地喊，仍旧不停脚地奋力朝前走。

"停一停吧，求求你啦，鼠儿！"可怜的鼹鼠苦苦哀求，他的心在作痛，"你不明白！这是我的家，我的老家！我刚刚闻到了它的气味，它就近在眼前，近极了。我一定得回去，一定，一定！回来吧，鼠儿，求求你，求求你啦！"

这时河鼠已走在前面很远了，没听清鼹鼠在喊什么，也没听出鼹鼠的声音里那种苦苦哀求的尖厉的腔调。而且，他担心要变天，因为他也闻到了某种气味——他怀疑可能要下雪了。

"鼹鼠，咱们现在停不得，真的停不得！"他回头喊道，"不管你找到了什么，咱们明天再来瞧。可现在我不敢停下来——天已经晚了，马上又要下雪，这条路线我不太熟悉。鼹鼠，我需要依靠你的鼻子，所以，快来吧，好小伙！"河鼠不等鼹鼠回答，只顾闷头向前赶路。

重返家园

可怜的鼹鼠独自站在路上，他的心都撕裂了。他感到，胸中有一大股伤心泪，正在聚积、涨满，马上就要涌上喉头，迸发出来。不过即便面临这样严峻的考验，他对朋友的忠诚仍毫不动摇，一刻也没想过要抛弃朋友。但同时，从他的老家发出的信息在乞求，在低声喃喃，在对他施放魔力，最后竟专横地勒令他绝对服从。他不敢在它的魔力圈内多耽留，猛地挣断了自己的心弦，下狠心把脸朝向前面的路，顺从地追随河鼠的足迹走去。虽然，那若隐若现的气味，仍旧附着在他那逐渐远去的鼻端，责怪他有了新朋友，忘了老朋友。

他费了好大劲才撵上河鼠。河鼠对他的隐情毫无觉察，只顾高高兴兴地跟他唠叨，讲他们回家后要干些啥，客厅里生起一炉柴火是多么惬意，晚饭要吃些什么。他一点儿没留心同伴的沉默和忧郁的神情。不过后来，当他们已经走了相当一段路，经过路旁矮树丛边的一些树桩时，他停下脚步，关切地说："喂，鼹鼠，老伙计，你像是累坏了，一句话不说，你的腿像绑上了铅似的。咱们在这儿坐下歇会儿吧。好在雪到现在还没下，大半路程咱们已经走过了。"

鼹鼠凄凄惨惨地在一个树桩上坐下，竭力想控制自己的情

绪，因为他觉得自己就要哭出来了。他一直苦苦挣扎，强压哭泣，可哭泣偏不听话，硬是一点儿一点儿往上冒，一声，又一声，跟着是紧锣密鼓的一连串，最后他只得不再挣扎，绝望地放声痛哭起来。因为他知道，他已经失去他几乎找到的东西。一切都完了。

河鼠被鼹鼠那突如其来的大悲恸惊呆了，一时竟不敢开口。末了，他非常安详而同情地说："到底怎么回事，老伙计？把你的苦恼说给我听听，看我能不能帮点儿忙。"

可怜的鼹鼠简直说不出话来，他胸膛剧烈起伏，话到口中又给噎了回去。后来，他终于断断续续哽咽着说："我知道，我的家是个……又穷又脏的小屋，比不上……你的住所那么舒适……比不上蟾宫那么美丽……也比不上獾的屋子那么宽大……可它毕竟是我自己的小家……我喜欢它……我离家以后，就把它忘得干干净净……可我忽然又闻到了它的气味……就在路上，在我喊你的时候，可你不理会……过去的一切像潮水似的涌上我心头……我需要它！……天哪！天哪！……你硬是不肯回头，河鼠……我只好丢下它，尽管我一直闻到它的气味……我的心都要碎了……其实咱们本可以回去瞅它一眼的，鼠儿……只瞅一眼就行……它就在附近……可你偏不肯回头，鼠儿，你不肯回头嘛！天哪！天哪！"

回忆掀起了他新的悲伤狂涛，一阵猛烈的啜泣，噎得他说不下去了。

河鼠直愣愣地盯着前面，一声不吭，只是轻轻地拍着鼹鼠的肩。过了一会儿，他沮丧地喃喃说："现在我全明白了！我真是头猪！一头猪——就是我！——不折不扣一头猪——地地道道一头猪！"

河鼠等着，等到鼹鼠的哭泣逐渐缓和下来，不再是狂风暴雨，而变得多少有节奏了，等到鼹鼠只管抽鼻子，间或夹杂几声啜泣。这时，河鼠从树桩上站起来，若无其事地说："好啦，老伙计，咱们现在动手干起来吧！"说着，他就朝他们辛辛苦苦走过来的原路走去。

"你上（嗝）哪儿去（嗝），鼠儿？"泪流满面的鼹鼠抬头望着他，惊叫道。

"老伙计，咱们去找你的那个家呀。"河鼠高兴地说，"你最好也一起来，找起来或许要费点儿劲，需要借助你的鼻子呀。"

"噢，回来，鼠儿，回来！"鼹鼠站起来追赶河鼠，"我跟你说，这没有用！太晚了，也太黑了，那地方太远，而且马上又要下雪！再说，我并不是有意让你知道我对它的那份感情，这纯粹是偶然的，是个错误！还是想想河岸，想想你的晚饭吧！"

"什么河岸，什么晚饭，见鬼去吧！"河鼠诚心诚意地说，"我跟你说，我非去找你的家不可，哪怕在外面待一整夜也在所不惜。老朋友，打起精神，挽着我的臂，咱们很快就会回到原地的。"

鼹鼠仍在抽鼻子，恳求，勉勉强强由着朋友把他强拽着往回走。河鼠一路滔滔不绝地给他讲故事，好提起他的情绪，使这段乏味的路程显得短些。后来，河鼠觉得他们似乎已经来到鼹鼠当初给"绊住"的地方，就说："现在，别说话了，干正事！用你的鼻子，用你的心来找。"

他们默默地往前走了一小段路，突然，河鼠感到有一股微弱的电颤，通过鼹鼠的全身，从他挽着的胳膊传来。他立即抽

出胳膊，往后退一步，全神贯注地等待着。

有一刻，鼹鼠僵直地站定不动，翘鼻子微微颤动，嗅着空气。

然后，他向前急跑了几步——错了——止步——又试一次；然后，他慢慢地、坚定地、信心十足地向前走去。

河鼠特兴奋，亦步亦趋地紧跟在鼹鼠身后。鼹鼠像梦游者似的，在昏暗的星光下，跨过一条干涸的水沟，钻过一道树篱，用鼻子嗅着，横穿一片宽阔的光秃秃没有路径的田野。

猛地，没有做出任何警告，他一头钻到了地下。幸亏河鼠高度警觉，立刻也跟着钻了下去，进到鼹鼠那灵敏的鼻子嗅出的地道。

地道很狭窄，憋闷，有股刺鼻的土腥味。河鼠觉得他们走了很久很久，才走到尽头，他才能直起腰来，伸展四肢，抖抖身子。鼹鼠划着一根火柴，借着火光，河鼠看到他们站在一块空地上。地面扫得干干净净，铺了一层沙子，正对他们的是鼹鼠家的小小前门，门旁挂着铃索，门的上方，漆着三个黑体字：**鼹鼠居**。

鼹鼠从墙上摘下一盏灯笼，点亮了，河鼠环顾四周，看到他们是在一个前庭里。门的一侧，摆着一张花园座椅；另一侧，有个石碾子。这是因为，鼹鼠在家时爱好整洁，不喜欢别的动物把他的地面踩出一道道足痕，踢成一个个小土堆。墙上挂着几只金属丝篮子，插着些羊齿植物，花篮之间隔着些托架，上面摆着泥塑像——有加里波第，有年幼的萨缪尔，有维多利亚女王，还有其他意大利英雄；在前庭的下首，有个九柱戏场，周围摆着条凳和小木桌，桌上印着一些圆圈，是摆啤酒杯的标志。庭院中央有个圆圆的小池塘，养着金鱼，四周镶着海扇贝壳砌的边。池塘中央，矗立着一座用海扇贝壳贴面的造型奇特的塔，塔顶是一个很大的银白色玻璃球，反照出来的东西全都走了样，怪滑稽的。

看到这些亲切的物件，鼹鼠的脸上绽开了愉快的笑意。他把河鼠推进大门，点着了厅里的一盏灯，匆匆扫了一眼他的旧居。他看到，所有的东西都积满了厚厚的一层灰尘，看到长久被他遗忘的屋子的凄凉景象，看到它的开间是那么狭小，室内陈设又是那么简陋陈旧，禁不住又沮丧起来，颓然瘫倒在椅子上，双爪捂住鼻子。"鼠儿啊！"他悲悲戚戚地哭道，"我为什么要这么干？为什么在这样寒冷的深夜，把你拉到这个穷酸冰冷的小屋里来！要不然，你这时已经回到河岸，对着熊熊的炉火烤脚，周边都是你的那些好东西！"

河鼠没有理会他悲哀的自责，只顾跑来跑去奔忙着，把各扇门打开，查看各个房间和食品柜，点着许多盏灯和蜡烛，摆得满屋子都是。"真是一所顶呱呱的小屋！"他开心地大声说，"多紧凑啊！设计得多巧妙啊！什么都不缺，一切都井然有序！今晚咱俩会过得很愉快的。头一件事，是生起一炉好火，这我来办——找东西，我最拿手。看来，这就是客厅喽？太好了！安装在墙上的这些小卧榻，是你自己设计的吗？真棒！我这就去取木柴和煤，你呢，鼹鼠，去拿一把掸子，厨桌抽屉里就有一把，把灰尘掸掸干净。动手干起来吧，老伙计！"

同伴热情的激励，使鼹鼠大受鼓舞，他振作起来，认真努力地打扫擦拭。河鼠一趟又一趟抱来柴火，不多会儿就生起一炉欢腾的火，火苗呼呼地直蹿上烟囱。他招呼鼹鼠过来烤火取暖。可是鼹鼠忽然又忧愁起来，沮丧地跌坐在一张躺椅上，用掸子捂着脸。

"鼠儿呀，"他呜咽道，"你的晚饭可怎么办？你这个又冷又饿又累的可怜的动物，我没有一点儿吃的招待你——连点儿面包屑都没有！"

"你这个人哪，怎么这样灰溜溜！"河鼠责备他说，"你瞧，刚才我还清清楚楚看见橱柜上有把开沙丁鱼罐头的起子，既然有起子，还愁没有罐头？打起精神来，跟我一道去找。"

他们于是翻橱倒柜，满屋子搜寻。结果虽不太令人满意，

倒也不太叫人失望，果然找到一听沙丁鱼，差不多满满一盒饼干，一段包在锡纸里的德国香肠。

"够你开宴席的了！"河鼠一面摆饭桌，一面说，"我敢说，有些动物今晚要是能和我们一道吃晚饭，简直求之不得啦！"

"没有面包！"鼹鼠哭丧着脸呻吟道，"没有黄油，没有——"

"没有鹅肝酱，没有香槟酒！"河鼠撇着嘴嘲笑说，"我倒想起来了——过道尽头那扇小门里面是什么？当然是你的储藏室喽！你家的好东西全都在那儿藏着哪！你等着。"

他走进储藏室，不多会儿又走出来，身上沾了点儿灰，两只爪子各握着一瓶啤酒，两腋下也各夹着瓶啤酒。"鼹鼠，看来你还是个挺会享受的美食家哩，"他评论说，"凡是好吃的，一样不少哇。这小屋比哪儿都叫人高兴。喂，这些画片，你打哪儿弄来的？挂上这些画，这小屋更显得像个家了。给咱说说，你是怎么把它布置成这个样儿的？"

在河鼠忙着拿盘碟刀叉，往蛋杯里调芥末时，鼹鼠还因为刚才的感情激动而胸膛起伏，他开始给河鼠讲起来，起先还有几分不好意思，后来越讲越带劲，无拘无束了。他告诉河鼠，这个是怎样设计的，那个是怎样琢磨出来的，这个是从一位姑妈那儿意外得来的，那个是一项重大发现，买的便宜货，而这件东西是靠省吃俭用，辛苦攒钱买来的。说着说着，他的情绪好了起来，不由得用手去抚弄他的那些财物。他提着一盏灯，向客人详细介绍它们的特点，把他俩都急需的晚饭都给忘到脑后了。河鼠呢，尽管他饿极了，可还强装作若无其事的样子，认真地点着头，皱起眉头仔细端详，瞅空子就说："了不起！""太棒了！"

末了，河鼠终于把他哄回饭桌旁，正要认真打开沙丁鱼罐头时，庭院里传来一阵声响——像是小脚丫在沙地上乱踩，还有小嗓门儿七嘴八舌在说话。有些话断断续续传到他们耳中——"好，现在大家站成一排——托米，把灯笼举高点儿——先清清你们的嗓子——我喊一、二、三以后，就不许再咳嗽——小比尔在哪儿？快过来，我们都等着哪——"

"出什么事啦？"河鼠停下手里的活儿，问道。

"准是田鼠们来了，"鼹鼠回答说，露出颇为得意的神色，"每年这个时节，他们照例要上各家串门唱圣诞歌，成了这一带的一种风尚。他们从不漏过我家——总是最后来到鼹鼠居。我总要请他们喝点儿热饮料，要是供得起，还请他们吃顿晚饭。听到他们唱圣诞歌，就像回到了过去的时光。"

"咱们瞧瞧去！"河鼠喊道，他跳起来，向门口跑去。

他们一下子把门打开，眼前呈现出一幅美丽动人的节日景象。前庭里，在一盏牛角灯笼的幽光照耀下，八只或十只小田鼠排成半圆形站着，每人脖子上围着红色羊毛长围巾，前爪深深插进衣袋，脚丫子轻轻跺着地面保暖。珠子般的亮眼睛，腼腆地互视了一眼，窃笑了一声，抽了抽鼻子，又把衣袖抻了好一阵子。大门打开时，那个提灯笼的年纪大些的田鼠喊了声："预备——一、二、三！"跟着尖细的小嗓就一齐唱了起来。唱的是一首古老的圣诞歌。这首歌，是他们的祖辈们在冰霜覆盖的休耕地里，或者在大雪封门的炉边创作的，一代又一代传了下来。每逢圣诞节，田鼠们就站在泥泞的街道上，对着灯光明亮的窗子，唱这些圣诗。

圣诞颂歌

全村父老乡亲们，在这严寒时节，
打开你们的家门，
让我们在你炉边稍歇，
尽管风雪会乘虚而入，
　明朝你们将得欢乐！

我们站在冰霜雨雪里，
哈着手指，跺着脚跟，
远道而来为你们祝福——
你们坐在火旁，我们站在街心——
　祝愿你们明晨快乐！

79

因为午夜前的时光，

一颗星星指引我们前行，

天降福祉与好运——

明朝赐福，长年得福，

　朝朝欢乐无穷尽！

善人约瑟在雪中跋涉——

遥见马厩上空星一颗；

玛利亚无须再前行——

欢迎啊，茅屋，屋顶下的产床！

　明晨她将得欢乐！

于是他们听到天使说：

"首先欢呼圣诞的是谁？

是所有的动物，

因为他们栖身在马厩，

　明晨欢乐将属于他们！"

　　歌声停止了，歌手们忸怩地微笑着，相互斜睨一眼，然后是一片寂静——但只一会儿。接着，由远远的地面上，通过他们来时经过的隧道，隐隐传来嗡嗡的钟声，叮叮当当，奏起了一首欢快的乐曲。

　　"唱得太好了，孩子们！"河鼠热情地喊道，"都进屋来，烤烤火，暖和暖和，吃点儿热东西！"

　　"对，田鼠们，快进来，"鼹鼠忙喊道，"跟过去一个样！关上大门。把那条长凳挪到火边。现在，请稍候一下，等我

80

们——唉，鼠儿！"他绝望地喊，颓然坐在椅子上，眼泪都快掉下来了，"咱们都干了些什么呀？咱们没有东西请他们吃！"

"这个，就交给我吧。"主人气派十足的河鼠说，"喂，这位打灯笼的，你过来，我有话问你。告诉我，这个时辰，还有店铺开门吗？"

"当然，先生，"那只田鼠恭恭敬敬地回答，"每年这个季节，我们的店铺昼夜都开门。"

"那好！"河鼠说，"你马上打着灯笼去，给我买——"

接着他俩又低声嘀咕了一阵，鼹鼠只零星听到几句，什么——"注意，要新鲜的！——不，一磅就够了！——一定要伯金斯的出品，别家的我不要！——不，只要最好的！——那家要是没有，试试别家！——对，当然是要家制的，不要罐头！——好吧，尽力而为吧！"然后，只听得一串叮当声，一把硬币从一只爪子落进另一只爪子，河鼠又递给田鼠一只购物的大篮子，于是田鼠提着灯笼，飞快地出去了。

其余的田鼠，在条凳上坐成一排，小腿儿悬着，前后摆动，尽情享受炉火的温暖。他们在火上烤脚上的冻疮，直烤得刺痒痒的。鼹鼠想引着他们无拘无束地谈话，可没成功，就讲起家史来，要他们逐个儿报自己那许多弟弟的名字。看来，他们的弟弟因为年纪还小，今年父母还不让他们出门唱圣诞歌，不过也许不久就能获得父母的恩准。

这时，河鼠在忙着细看啤酒瓶上的商标。"看得出来，这是老伯顿牌的，"他赞许地评论说，"鼹鼠很识货呀！是地道货！现在我们可以用它来调热甜酒了！鼹鼠，准备好家什，我来拔瓶塞。"

甜酒很快就调好了，于是他们把盛酒的锡壶深深插进红红的火焰里。不一会儿，每只田鼠都在啜着，咳着，呛着（因为一点点热甜酒劲头就够大的），又擦眼泪，又笑，忘记了他们这辈子曾经挨冻来着。

"这些小家伙还会演戏哩，"鼹鼠向河鼠介绍说，"戏全是由他们自编自演的。演得还真棒！去年，他们给我们演了一出精彩的戏，讲的是一只田鼠，在海上被北非的海盗船俘虏了，被迫在船舱里划桨。后来他逃了出来，回到家乡时，他心爱的姑娘却进了修道院。喂，你！你参加过演出的，我记得。站起来，给咱们朗诵一段台词吧。"

那只被点名的田鼠站起来，害羞地咯咯笑着，朝四周扫了一眼，却张口结舌，一句也念不出。同伴们给他打气，鼹鼠哄他、鼓励他，河鼠甚至抓住他的肩膀一个劲儿摇晃，可什么都不管用，他硬是克服不了怯场。他们围着他团团转，就像一帮子水手，按照皇家溺水者营救协会的规则，抢救一个长时间溺

水的人那样。这时，门闩咔嗒一声，门开了，打灯笼的田鼠被沉甸甸的篮子压得趔趔趄趄，走了进来。

等到篮子里那些实实在在的东西一股脑儿倾倒在餐桌上时，演戏的事就再也没人提了。在河鼠的调度下，每只动物都动手去干某件事或取某件东西。不消几分钟，晚饭就准备停当。鼹鼠仿佛做梦似的，在餐桌主位坐定，看到刚才还是空荡荡的桌面，现在堆满了美味佳肴，看到他的小朋友们个个喜形于色，迫不及待地狼吞虎咽，他自己也放开肚皮大嚼那些魔术般变出来的食物。他心想，这次回家，想不到结果竟如此圆满。他们边吃边谈，说些往事。田鼠们告诉他最近的当地新闻，还尽力回答他提出的上百个问题。河鼠很少说话，只关照客人们各取所需，多多享用，好让鼹鼠什么都不必操心。

最后，田鼠们叽叽喳喳，连声道谢，又祝贺主人节日愉快，告辞离去了，他们的衣兜里都塞满了纪念品，那是带给家里的弟弟妹妹们的。等送走最后一位客人，大门关上，灯笼的叮咚声渐渐远去时，鼹鼠和河鼠把炉火拨旺，拉过椅子来，给自己热好睡前的最后一杯甜酒，就议论起这长长的一天里发生的事情。末了，河鼠打了个大大的哈欠，说："鼹鼠，老朋友，我实在累得要死啦。'瞌睡'这个词远远不够了。你自己的床在那边是吧？那我就睡这张床了。这小屋真是妙极了！什么都特方便顺手！"

河鼠爬进他的床铺，用毯子把自己紧紧裹住，立刻沉入了梦乡的怀抱，就像一行大麦落进了收割机的怀抱一样。

倦乏的鼹鼠也巴不得快点儿睡觉，马上就把脑袋倒在枕头上，觉得非常舒心快意。不过在合眼之前，他还要环视一下自己的房间。在炉火的照耀下，这房间显得十分柔和温煦。火光

闪烁，照亮了他所熟悉的友好的物件。这些东西早就不知不觉成了他的一部分，现在都在笑眯眯毫无怨言地欢迎他回来。他现在的心境，正是机敏的河鼠不声不响引他进入的那种状态。他清楚地看到，他的家是多么平凡简陋，多么狭小，可同时也清楚，它们对他有多么重要，在他的一生中，这样的一个避风港具有多么特殊的意义。他并不打算抛开新的生活和明朗的广阔天地，不打算离开阳光空气和它们赐予他的一切欢乐，爬到地下，待在家里。地面世界的吸引力太强大了，就是在地下，也仍不断地召唤着他。他知道，他必须回到那个更大的舞台上去。不过，有这么个地方可以回归，总是件好事。这地方是完全属于他的，这些物件见到他总是欢天喜地，不管他什么时候回来，他总会受到同样亲切的接待。

6

蟾蜍先生

这是初夏的一个阳光灿烂的早晨。大河两岸已经重现原貌，河水恢复了通常的流速，暖烘烘的太阳，仿佛用无数根细绳，把万物从地下拔起，拽向自己，使它们变得绿油油、郁葱葱、高耸耸。鼹鼠和河鼠天一亮就起床，忙着为即将开始的游艇季节做准备，油漆船身啦，整理桨叶啦，修补坐垫啦，寻找丢失的带钩子的船篙啦，等等。他们正在客厅里吃早饭，热烈地讨论当天的计划，忽听得一声重重的敲门声。

"麻烦！"河鼠说，满嘴都是鸡蛋，"鼹鼠，好小伙，你已经吃完了，去看看是谁来了？"

鼹鼠起身去开门，河鼠听到他惊喜地喊了一声。随后，鼹鼠一下子打开客厅的门，郑重地宣布说："獾先生驾到！"

这真是很不寻常，獾竟会亲自登门拜访他们，因为他是难得拜访任何人的。一般说，如果你急于见他，你就得在清晨或黄昏时趁他在树篱旁悄悄溜过时去遇他，或者到野林深处他家去找他，那可是件非同小可的事。

獾脚步重重地踱进屋，站着不动，神情严肃地望着两位朋友。河鼠手里的蛋勺不由得落在了桌布上，嘴巴张得大大的。

"时辰到了！"獾庄严宣称。

"什么时辰？"河鼠瞟了一眼炉台上的钟，不安地问。

"你应该问，'谁的时辰？'"獾答道，"当然，是蟾蜍的时辰！我说过，等冬天一过，我就要管教管教他，今天，我就是来管教他的。"

"当然啰，是蟾蜍的时辰！"鼹鼠高兴地说，"乌拉！我想起来啦！咱们大伙儿是要去教训教训他，让他变得清醒点儿！"

"昨晚我得到可靠的消息，"獾坐在一张扶手椅上，接着说，"说就在今天上午，又有一辆马力特大的新汽车，要开到蟾宫，由他选购，或者退货。说不定这会儿，蟾蜍已经在穿戴他心爱的那套奇丑无比的服装了。本来还不难看的蟾蜍，穿上那身衣服，就成了个怪物，不管哪个头脑清醒的动物见到他，都会吓晕过去的。咱们得及早动手，要不就太迟了。你两位得陪我去一趟蟾宫，务必去拯救拯救蟾蜍。"

"说得对！"河鼠跳起来喊道，"咱们要去拯救那个可怜虫！咱们要帮他改邪归正！要把他变成最最规矩懂事的蟾蜍，不然的话，咱们就得跟他一刀两断！"

他们出发上路，去执行一项行善的任务，獾在前面领路。动物们在结伴同行时，总是采取一种适当而合理的走法，就是排成竖行，而不是横跨整个路面。因为如果那样走，在突遇麻烦或危险时，就不便互相支援协助。

他们来到蟾宫的大车道时，果然如獾所料，看到房前停着一辆闪光锃亮的汽车，大型号，漆成鲜红色（这是蟾蜍最喜欢的颜色）。他们走到门口时，大门猛地打开，从里面走出蟾蜍先生。他戴着护目镜、便帽，穿着长筒靴和一件又肥又大的外套，摇摇摆摆，神气活现地走下台阶，一边往手上戴他那副宽口的大手套。

"嘿！伙计们，来呀！"一看到他们，蟾蜍就兴高采烈

地喊道，"你们来得正是时候，跟我一道去痛快——痛快——呃——痛快——"

可是，看到几位朋友全都绷着脸，沉默不语，蟾蜍那热情洋溢的话变得结结巴巴，说不下去了，对他们的邀请也只说出一半。

獾大步走上台阶。"把他弄进屋去。"他严肃地吩咐两位同伴。蟾蜍一路挣扎、抗议，被推搡到门里。獾转身对驾驶新车的司机说："今天恐怕用不着你了，蟾蜍先生已经改变主意，不要这辆车了。请你明白，这是最后决定，你不用再等了。"说罢，他跟着那几个走进屋，关上大门。

当四只动物都站在过道里时，獾对蟾蜍说："现在，你先把这身劳什子脱掉！"

"就不！"蟾蜍怒冲冲地说，"这样蛮不讲理地干涉，是什么意思？我要你们立刻解释清楚。"

"那么，你们两个，替他脱了！"獾简短地发布命令。

蟾蜍不住地踢蹬、叫骂，他们不得不把他按倒在地，才能顺当地给他脱衣。河鼠坐在他身上，鼹鼠一件一件扒下他的驾驶服，然后他们把他提着站起来。随着蟾蜍的全副精良披挂被剥掉，他那大吼大叫的威风也消失大半了。现在，既然他不再是公路凶神，而只不过是蟾蜍，他只有无力地咯咯笑着，求饶似的看看这个，看看那个，像是彻底明白了他的处境。

"你知道，蟾蜍，早晚会有这一天的，"獾严厉地训诫说，"我们给过你那么多劝告，你全当耳边风。你一个劲儿挥霍你父亲留下的钱财。你发狂似的开车，横冲直撞，跟警察争吵，你在整个地区败坏了我们动物的名声。独立自主固然好，

但我们动物绝不能听任朋友把自己变成傻瓜，越轨出格，你现在已经大大出格了。在许多方面，你都是挺不错的，我不愿对你过分严厉，我要再做一次努力，使你恢复理性。你跟我到吸烟室来，听我数落数落你的所作所为。等你从那间房里出来时，看能不能成为一只改过自新的蟾蜍。"

他牢牢抓住蟾蜍的臂，把他带进吸烟室，随手带上了门。

"那管什么用！"河鼠不屑地说，"给蟾蜍讲道理，治不了他的毛病。他会满口答应，事后不改。"

他俩安安逸逸坐在扶手椅上，静候结果。透过紧闭的门，他们只听到獾那又长又低的训话声，一阵高，一阵低，滔滔不绝。过了一会儿，他们注意到獾的训话声不时被长长的抽泣声打断，那显然是发自蟾蜍的内心，因为他是个心肠软、重感情的动物，很容易——暂时地——听信任何观点的规劝。

约莫过了三刻钟，门开了，獾庄严地牵着一只软弱无力、没精打采的蟾蜍走了出来。他的皮肤像口袋似的松垮垮地耷拉着，两腿摇摇晃晃，他被獾那感人肺腑的规劝打动了，腮帮子上满是泪痕。

"坐在这儿，蟾蜍。"獾指着一张椅子，和蔼地说，"朋友们，我很高兴地告诉你们，蟾蜍终于认识到他的做法是错误的。他对过去的越轨行为由衷地感到遗憾，决心再也不玩汽车了。他向我做出了庄严的保证。"

"这真是个大好消息。"鼹鼠郑重其事地说。

"确实是个大好消息，"河鼠疑疑惑惑地说，"只要——只要——"

他说这话时，眼睛紧盯着蟾蜍，仿佛看到，在蟾蜍那仍然悲悲戚戚的眼睛里，有种什么东西闪了一下。

"现在，你还得做一件事，"甚感快慰的獾接着说，"蟾蜍，我要求你当着这两位朋友的面，把你刚才在吸烟室里答应过我的话，庄严地重复一遍。第一，你为过去的行为感到遗憾，你认识到那全是胡闹，是不是？"

长时间的沉默。蟾蜍绝望地望望这边，望望那边，另几只动物都在严肃地默默等待。最后，他终于开腔了。

"不！"他脸色阴沉但气壮如牛地说，"我不遗憾。那根本就不是什么胡闹！那是光荣的！"

"什么？"獾大为惊骇地喊道，"你这个出尔反尔说话不算数的家伙！刚才，在那屋，你不是明明告诉我——"

"是啊，是啊，在那屋，"蟾蜍不耐烦地说，"在那屋，我什么都会说的。亲爱的獾，你口若悬河，那么感人，那么有说服力，把你的看法摆得头头是道，在那屋，你可以任意摆布我，这你知道。可是过后，我左思右想，把我做过的事细细琢磨了一遍，我发觉，我确实半点儿也不遗憾，不懊悔。所以，说我遗憾悔过，根本没意义。是这个理儿不是？"

"那么，"獾说，"你是不打算答应我，再也不碰汽车啦？"

"当然不！"蟾蜍斩钉截铁地说，"正相反，我诚心诚意答应你，只要我看到一辆汽车，噗噗，我就坐上开走！"

"瞧，我早就跟你说过不是！"河鼠对鼹鼠说。

"那好，"獾站了起来，坚决果断地说，"既然你不听规劝，那咱们就只好试试强制手段了。我一直担心，这步棋是在所难免的。蟾蜍，你不是总邀请我们三个来你这幢漂亮房子跟你一道住住吗，现在，我们就住下了。哪天我们把你的想法改得对头了，我们就离开，否则不走。你们二位，把他带上楼去，锁在卧室里，然后我们几个来商量个办法。"

　　蟾蜍连踢带踹地挣扎着，被两位忠实朋友拖上楼去。"要知道，蟾儿，这是为你好，"河鼠和蔼地说，"你想想，等你……等你治好了这场倒霉的疯病以后，咱们四个就像往常一样一块儿玩，该有多乐呀！"

　　"蟾蜍，在你治好之前，我们会为你照管好一切的，"鼹鼠说，"我们不能看着你像过去那样乱花钱了。"

　　"再也不能由着你和警察胡缠了，蟾蜍。"河鼠说。他们把他推进卧室。

　　"再也不让你在医院一住几星期，被那些女护士支来唤去了。"鼹鼠添上一句，锁上了房门。

他们下楼来。蟾蜍对着锁眼高声叫骂了一通。然后，三个朋友开碰头会，商议对策。

"事情将很难办，"獾叹了口气说，"我从没见过蟾蜍这样死心眼儿。不过，咱们一定要坚持到底。一分一秒都不能放松，严加看管。咱们得轮流值班守护，直到他身上的毒瘾自行消失为止。"

于是，他们安排了值班。每只动物夜间轮流睡在蟾蜍的卧室里，白天也分段值班。起初，对于几个小心谨慎的朋友，蟾蜍自然是很不好对付的。他的狂热劲一上来，就把卧室里的椅子摆成大体像辆汽车的样子，自己蹲在最前面，身子前倾，两眼紧盯前方，嘴里发出古怪、可怕的嘈杂声。狂热达到顶点时，他会翻一个大跟斗，倒在地上，摊开四肢躺在东倒西歪的椅子当中，暂时得到了极大的满足。不过，日子一天天过去，这种痛苦的走火入魔越来越少了。他的朋友们千方百计想引导他把心思转移到别的方面，可是他对其他事物似乎一直没有恢复兴趣。他明显地变得萎靡不振、郁郁寡欢了。

一个晴朗的早晨，轮到河鼠值班，他上楼去接替獾。他看到獾坐立不安，急着要出去散散步，遛遛腿，绕着他的树林转一圈，到地下去走一遭。他在门外对河鼠说："蟾蜍还没起床。没法从他嘴里掏出多少话，只说，'噢，别管我，我什么也不要。也许过不久我就会好的，到时候，毛病就会过去的，不必过分担忧'等等。河鼠，你要多加小心啊！每当蟾蜍变得安静柔顺，装出一副主日学校①得奖乖孩子的模样时，那也就

---

①Sunday-school，以前为在工厂做工的青少年在星期日进行宗教教育和识字教育的免费学校。

92

是他最最狡猾的时候。肯定会耍什么鬼花招的。我了解他。好，现在我必须走了。"

"老伙计，今儿个你好吗？"河鼠走到蟾蜍的床旁，愉快地问道。

他等了好几分钟，才听到回答。这时，一个微弱的声音答道："亲爱的鼠儿，多谢你了！承你问候，你真好！不过请先告诉我，你好吗？鼹鼠老兄好吗？"

"噢，我们都好，"河鼠答道，他漫不经心地又加上一句，"鼹鼠跟獾一道出去遛弯了，要到吃午饭才回来。所以，今天上午就剩你跟我单独在一起，咱们要过得高高兴兴。我要尽力让你开心。快跳下床来，好小伙。天气这么好，别愁眉苦脸地赖在床上了！"

"亲爱的好心肠的河鼠，"蟾蜍低声咕哝，"你太不了解我的情况了，我现在怎么可能'跳下床'呢？恐怕永远也不可能了！不过请不用为我发愁。我不愿成为朋友们的累赘，料想这也不会很久了。真的，我希望不会太久。"

"是啊，我也希望这样。"河鼠恳切地说，"这阵子，你让我们大伙儿伤透了脑筋，我很高兴听到你说，这一切都将结束。特别是天气这么好，划船的季节又到了！蟾蜍，你实在太差劲了！倒不是我们嫌麻烦，可你使我们失去了许多东西！"

"不过，恐怕你们还是嫌麻烦，"蟾蜍有气无力地说，"这一点我很能理解。这很自然嘛。你们一直为我操心，已经感到厌烦了。我不该再给你们添麻烦。我知道，我是个累赘。"

"你确实是个累赘，"河鼠说，"不过我告诉你，只要你能明理懂事，我为你出多大力也甘心。"

"既然这样，鼠儿，"蟾蜍更加虚弱地低声说，"那么我求你——也许是最后一次——尽快到村里去一趟——说不定已经太晚了——请个大夫来。算了吧，别操这份心了。这事太麻烦。也许，还是顺其自然好。"

"怎么，请大夫来干吗？"河鼠问。他凑到蟾蜍跟前，仔细观察他。蟾蜍确实静静地平躺在床上，声音越发微弱，神态大大地变了。

"你近来一定注意到——"蟾蜍喃喃道，"啊不——你怎么会注意到？那太麻烦了。也许到明天，你就会说：'唉，我要是早注意到就好了！我要是采取措施就好了！'不不，那太麻烦了。没关系，忘掉我这些话吧。"

"听着，老朋友，"河鼠有点儿惊慌起来，"如果你真的需要，我自然会去替你请大夫的。可你还没病到那个地步呀。咱们还是谈点儿别的吧。"

"亲爱的朋友，"蟾蜍惨笑着说，"光是'谈谈'，对我这病恐怕是无济于事的——就连医生恐怕也无能为力了。不过，总得抓根稻草吧。顺便说一句，既然你打算去请医生，那就请你顺路把律师也请来，好吗？——我实在不愿再给你添麻烦，不过我忽然想起，去医生家要路过律师家门口。那样就省了我的事了，因为有的时候——也许我应该说，就在这一刻——你必须面对不愉快的事情，不管那要消耗多大的体力。"

"请律师！哎呀，想必他真的病得厉害了！"惊慌失措的河鼠自言自语地说。他匆匆走出卧室，倒还没忘把门仔细锁好。

来到屋外，他停下来想了想。那两位都远在别处，他找不到一个可以商量的人。

"还是小心些好，"他考虑了片刻，说道，"蟾蜍过去虽也无缘无故把自己的病想得太重，可还从没听他说要请律师

呀！要是真没大病，医生会骂他是个大笨蛋，会给他打气，那倒也是一得吧。我不妨迁就一下他的怪脾气，跑一趟，用不了多久的。"于是他带着行善的使命，向村子跑去。

一听到钥匙在锁眼儿里转动的声音，蟾蜍立刻轻轻跳下床，跑到窗口，急切地望着河鼠，直到车道上不见了他的踪影。接着，他开心地放声大笑，火速穿上随手抓到的最神气的衣裳，从梳妆台的一个小抽屉里取出钱，塞满了所有的口袋。下一步，他把床单全都结在一起，又把这根临时结成的绳子一端牢系在窗框上。那美丽的都铎王朝式的窗子，是他卧室的一景。他爬出窗口，顺着绳子轻轻滑落地上，朝着和河鼠相反的方向，吹着欢快的口哨，轻松地迈开大步，扬长而去。

那顿午饭，河鼠吃得没精打采。獾和鼹鼠回来后，河鼠不得不在餐桌上对他们讲述他那段难以置信的倒霉经历。獾的那种刻薄甚至粗暴的批评，可想而知，自不待言，就连竭力要站在朋友一边的鼹鼠，也不得不表示："鼠儿，这回你可是有点儿糊涂！蟾蜍当然更是糊涂绝顶了！"这话深深刺痛了河鼠。

"他装得太到家了！"垂头丧气的河鼠说。

"他把你蒙骗到家了！"獾怒冲冲地说，"不过，光说也于事无补。他暂时肯定已经跑得很远了。最糟的是，他自作聪明，自以为了不起，什么荒唐事都干得出来。唯一可以告慰的是，我们现在自由了，不必再浪费时间为他放哨了。不过咱们

95

最好还是在蟾宫多住些日子。蟾蜍随时都可能回来的——不是用担架抬回来，就是被警察押送回来。"

话虽是这么说，獾并不能预卜未来的吉凶祸福，也不知道要过多久，经历多少风险磨难，蟾蜍才能回到他祖传的家宅。

这时，那个美滋滋的不负责任的蟾蜍，正在公路上轻快地走着，离家已经有好几里了。起初，他专拣小道走，穿过一块块田地，为了躲避追踪，换了好几次路线；现在，他觉得已经摆脱了被抓回去的危险，而太阳正快活地冲他微笑，整个大自然都齐声合唱一首颂歌，赞美他心里唱出的那首自我表扬的歌。他心满意足，自鸣得意，一路上几乎都在跳舞。

"干得真漂亮！"他咯咯笑着对自己说，"以智力反抗暴力，智力终究占了上风——这是必然的。可怜的老耗子！啊呀，獾回来时，他还不得挨一顿好骂！耗子呀，人倒是个好人，优点不少，可就是缺少智慧，根本没受过教育。将来有一天，我要亲自培养他，看能不能把他调教出个模样来。"

他满脑子自高自大的念头，昂首阔步往前走，径直来到一座小镇。在正街的中央，横悬着一块招牌——"红狮"，这使他想起，当天还没顾上吃早饭，走了这么远的路，肚子着实饿瘪了。他大步走进小客店，要了那家小店临时所能供应的一顿最好的午饭，坐在咖啡室里吃起来。

刚吃到一半，就听到一个非常熟悉的声音，由远而近，从街上传来，他不由得浑身一震，打起哆嗦来。那噗噗声！听得出，那辆汽车越来越近，开进了客店的院子，停了下来。蟾蜍紧紧抓住桌腿，来掩盖他难以控制的激动。随后车上那伙人就走进了咖啡室。他们饿了，有说有笑，大谈那天上午的经历，谈他们乘坐的那辆汽车的优良性能。蟾蜍如饥似渴、全神贯注地倾听了一会儿，终于按捺不住了。他轻轻溜出咖啡室，在柜台付了账，一出屋，就悄悄转悠到院子里。"只瞅一眼，"他对自己说，"谅无妨碍吧！"

汽车就停在院子当中，没人看管，因为马厩工人和其他随从都进屋吃饭去了。蟾蜍慢悠悠地围着它转，仔细打量着，评点着，苦苦思索着。

"不知道，"他忽然问自己，"不知道这种车好不好发动？"

只一眨眼工夫，不知怎的，他已经握住了把手，转了一下。一听到那熟悉的声音，他过去的热狂又袭来，攫住了他的全部身心。像做梦一般，他不知怎的就坐到了司机座上；像做梦一般，他拉动了挡杆，开车在院里兜了一圈，然后驶出了拱门；像做梦一般，什么是非曲直，什么顾虑担忧，一股脑儿都抛到九霄云外。他加大了车速，汽车冲过街道，跃上公路，越过旷野。这时，他忘掉了一切，只知道他又成了蟾蜍，无比高明强大的蟾蜍，煞星蟾蜍，大道上的征服者，小路上的霸王；在他面前，人人都得让路，否则便被碾得粉碎，永不见天日。

他一面驱车飞驰，一面引吭高歌，那车也和着他的歌声，隆隆低吟。一里又一里，被他的车轮碾过，他不知道究竟驶向哪里，只是为了充分满足他的天性，尽情享受眼前的快乐，至于下一步会遇到什么，一概不闻不问。

蟾蜍先生

"依我看，"首席法官兴致勃勃地说，"这件案子案情是够清楚的，唯一的困难是，对于我们面前这个蜷缩在被告席上的无可救药的流氓，这个不知悔改的恶棍，怎样才能给他点儿厉害尝尝？让我想想——他有罪，证据确凿无疑：第一，他偷了一辆昂贵的汽车；第二，他胡乱驾驶，危害公众；第三，他对警察蛮横无理。录事先生，请告诉我们，这三条中的每一条罪行，我们能判给的最严厉的惩罚是什么？当然，不能给犯人任何假定无罪的机会，因为根本不存在这种机会。"

录事用钢笔刮了刮鼻子，说："有人认为，偷汽车是最大的罪行，确实如此。不过，冒犯警察，无疑应受到最严厉的惩罚，确实应该。如果说，盗车罪应处十二个月监禁——那是很轻的；疯狂驾驶应处三年监禁——那也是宽大的；冒犯警察则应处十五年监禁——根据证人的证词（哪怕你只相信这些证词的十分之一，我自己从不相信多于十分之一的证词），他的冒犯行为是十分恶劣的。三项加在一起，总共是十九年——"

"好极了！"首席法官说。

"您不如干脆凑它一个整数——二十年，这样更保险。"录事加上一句。

"这个建议太好了！"首席法官赞许说，"犯人！起来，站直了。这次判你二十年监禁。注意，下次再看到你在这里，不管犯什么罪，一定要重重惩罚你！"

随后，粗暴的狱吏们扑向倒霉的蟾蜍，给他戴上镣铐，拖出法庭。他一路尖叫，祈求，抗议。他被拖着经过市场。市场上那些游手好闲的公众，对通缉犯向来都表示同情和提供援助，而对已确认的罪犯则向来是疾言厉色。他们纷纷向他投来嘲骂，扔胡萝卜，喊口号。他被拖着经过起哄的学童，他们每看到一位绅士陷入困境，天真的小脸上就露出喜滋滋的神色。他被拖着走过嘎吱作响的吊桥，穿过布满铁钉的铁闸门，钻过狰狞的古堡里阴森可怖的拱道，古堡上的塔楼高耸入云；穿过挤满了下班士兵的警卫室，他们冲他咧嘴狞笑；经过发出嘲弄的咳嗽的哨兵，因为当班的哨兵只许这样来表示他们对罪犯的轻蔑和嫌恶；走上一段转弯抹角的古老石阶，经过身着钢盔铁甲的武士，他们从钢盔里射出恐吓的目光；穿过院子，院里凶恶的猛犬把皮带绷得紧紧的，爪子向空中乱抓，要向他扑过来；经过年老的狱卒，他们把兵器斜靠在墙上，对着一个肉馅饼和一罐棕色的麦酒打瞌睡；走呀走呀，走过拉肢拷问室、夹指室，走过通向秘密断头台的拐角，一直走到监狱最深处那间最阴森的地牢门前。门口坐着一个年老的狱卒，手里摆弄着一串又重又大的钥匙。就在这里，他们停了下来。

"喂，好家伙！"警官说。他摘下钢盔，擦了擦额头的汗。"醒醒，老懒虫，把这个坏蛋蟾蜍看管起来。他是个罪行累累、狡诈奸猾、诡计多端的罪犯。灰胡子老头，你要竭尽全力把他看好，如有闪失，就要你这颗老人头——你和他都要遭殃！"

狱卒阴沉地点点头，把他干枯的手按在不幸的蟾蜍肩上。生了锈的钥匙在锁眼儿里嘎嘎转动，笨重的牢门在他们身后咣当一声关上了。就这样，蟾蜍成了整个欢乐的英格兰国土上最坚固的城堡里最戒备森严、最隐秘的地牢里一个可怜无助的囚犯。

7

黎明前的笛声

柳林鹟鹩躲在河岸边黑黝黝的树林里，唱着清脆的小曲。虽然已是晚十点过后，天光依旧流连不去，残留着白昼的余晖。午后酷热郁闷的暑气，在短短的仲夏夜清凉的手指触摸下，渐渐消散了。鼹鼠伸开四肢躺在河岸上，等着他的朋友回来。从天明到日落，天空万里无云，赤日炎炎，高温逼人，压得他到现在还气喘吁吁。他一直在河边和一些同伴游玩，让河鼠独自去水獭家赴一次安排已久的约会。他进屋时，看到屋里黑洞洞的，空无一人，不见河鼠的踪影。河鼠一定是和他的老伙伴待在一起，迟迟不想回家。天气还太热，屋里待不住，鼹鼠就躺在一些酸模叶子上，回味着这一天经历的种种事情，觉得特有意思。

过了一会儿，河鼠轻轻的脚步踏着晒干的草地由远而近。"啊，多凉快呀，太美了！"他说着坐了下来，若有所思地望着河水，一声不吭。

"你在那边吃过晚饭了吧？"鼹鼠问。

"走不开呀，"河鼠说，"他们死活不放我走。你知道的，他们一向待人亲切，为我把一切都安排得周周到到，直到我离开为止。可我总觉得不是滋味，因为我看得出，尽管他们竭力掩盖，他们实际上很不开心。鼹鼠，他们恐怕是遇上麻烦

102

了。小胖胖又丢了。你知道，他父亲是多么疼他，虽然水獭很少表示。"

"什么？那个孩子吗？"鼹鼠不在意地说，"就算走丢了，又有什么可担心的？他老是出去，走丢了，过后又回来了；他太爱冒险啦。不过他还从没出过什么差池。这一带所有的居民都认识他，喜欢他，就像他们喜欢老水獭一样。总有一天，不知哪只动物会遇上他，把他送回家的。你只管放心好啦。你瞧，咱们自己不是还曾在好几里以外找到过他，他还挺得意，玩得开心着哩！"

"不错，可这回问题更严重，"河鼠沉重地说，"他没露面已经许多天了，水獭夫妇到处找遍了，还是不见他的影子。他们也问过方圆几里的每只动物，可都说不知道他的下落。水獭显然是急坏了，虽然他不肯承认这一点。我从他那儿知道，胖胖游泳还没学到家，看得出，他担心会在那座河坝上出事。这个季节，那儿还有大量的水流出来，而且，那地方总是让小孩子着迷的。而且，那儿还有——呃，陷阱呀什么的——这你也知道。水獭不是那种过早为儿子担心的人，可现在他已经感到惶惶不安了。我离开他家时，他送我出来，说是想透透空气，伸伸腿脚。可我看得出来，不是那么回事，所以我拉他出来，一个劲儿追问，终于让他吐露了实情。原来，他是要去渡口边过夜。那地方你知道吗？就是在那座桥建起以前，那个老渡口那儿。"

"知道，而且很熟悉，"鼹鼠说，"不过水獭为什么单挑那地方去守着呢？"

"嗯，像是因为那是他第一次教胖胖游泳的地方，"河鼠接着说，"那儿靠近河岸有一处浅水的沙嘴。那也是他经常教胖胖抓鱼的地方。小胖胖的第一条鱼就是在那儿抓到的，为这他可得意了。那孩子喜欢这地方，所以水獭想，要是那可怜的孩子还活着，在什么地方逛够了，他或许首先会回到他最喜欢的这个渡口来；要是他碰巧经过那里，想起这地方，他或许会停下来玩玩的。所以，水獭每晚都去那儿守候——抱着一线希望，只是一线希望！"

他俩一时都沉默了，都在想着同样的心事——漫漫长夜里，那只孤独、忧伤的水獭，蹲在渡口边，守候着、等待着，只为了那一线希望。

"得了，得了，"过了一会儿，河鼠说，"咱们该进屋睡觉了。"说归说，他却没有动弹。

"河鼠，"鼹鼠说，"不干点儿什么，我真没法回屋睡觉，虽说要干，好像也没啥可干的。咱们干脆把船划出来，往上游去，再过个把钟头，月亮就升起来了，那时咱们就可以借着月光尽力搜索——起码，总比什么事不干就上床睡觉强呀。"

"我也是这样想的，"河鼠说，"再说，这样的夜晚也不是适合睡觉的夜晚。天很快就亮了，一路上，咱们还可以向早起的动物打听有关胖胖的消息。"

他们把船划出来，河鼠执桨，小心谨慎地划着。河心有一条狭长清亮的水流，隐隐反映出天空。但两岸的灌木或树丛投在水中的倒影看上去却如同河岸一样坚实，因此鼹鼠在掌舵时就得相应地做出判断。河上虽然一片漆黑，杳无人迹，可夜空中还是充满了各种细小的声响，歌声、低语声、窸窸窣窣，表明那些忙碌的小动物还在活动，通宵干着他们各自的营生，直到初阳照到他们身上，催他们回窝歇息。河水本身的声音，也比白天来得响亮，那汩汩和砰砰声，更显得突如其来，近在咫尺。时不时，会突然听到一声清晰的嗓音，把他们吓一跳。

地平线与天空泾渭分明；在一个特定地点，一片银色粼辉逐渐升高、扩大，衬得地平线格外黝黑。最后，在恭候已久的大地的边缘，月亮堂皇地徐徐升起，她摆脱了地平线，无羁无绊地悬在空中。这时，他们又看清了地面的一切——广阔的草地，幽静的花园，还有夹在两岸之间的整条河，全都柔和地展现在眼前，一扫神秘恐怖的色调，亮堂堂如同白昼，但又大大不同于白昼。他们常去的老地方，又在向他们打招呼，只是穿上了另一套衣裳，仿佛它们曾经偷偷溜走，换上一身皎洁的新装，又悄悄溜回来，含着微笑，羞怯地等着，看他们还认不认得出来。

两个朋友把船系在一棵柳树上，上了岸，走进这静谧的银色王国，在树篱、树洞、隧道、暗渠、沟壑和干涸的河道里耐心搜寻。然后他们又登船，划到对岸去找。这样，他们来回划着，溯河而上。那轮皓月，静静地高悬在没云的夜空，尽管离得这样远，却尽力帮他们寻找。等到该退场的时辰到了，她才依依不舍地离开他们，沉入地下，又一次神秘地笼罩了田野和河流。

然后，一种变化慢慢地出现，天边更加明朗，田野和树林更加清晰可辨，而且多少变了样子；笼罩在上面的神秘气氛开始退去。一只鸟突然鸣叫一声，跟着又悄无声息了。一阵轻风拂过，吹得芦苇和蒲草沙沙作响。鼹鼠在划桨，河鼠倚在船尾。他忽然坐直了身子，神情激动，聚精会神地侧耳倾听。鼹鼠轻轻地划着桨，让船缓缓向前移动，一面仔细审视着两岸。看到河鼠的那副神情，他不由得好奇地望着他。

"听不见啦！"河鼠叹了口气，又倒在座位上，"多美呀！多神奇呀！多新颖呀！可惜这么快就没了，倒不如压根儿没听见。这声音在我心里唤起了一种痛苦的渴望，恨不能再听到它，永远听下去，除了听它，别的什么似乎都没有意义了！它又来啦！"他喊道，又一次振奋起来。他听得入了迷，好半晌，不说一句话。

"声音又快没了，听不到了。"河鼠又说，"鼹鼠啊！它多美呀！远处那悠扬婉转的笛声，那纤细、清脆、欢快的呼唤！这样的音乐，我从来没有梦想过。音乐固然甜美，可那呼唤更加强烈！往前划，鼹鼠，划呀！那音乐和呼唤一定是冲着咱们来的！"

鼹鼠非常惊讶，不过他还是听从了。他说："我什么也没听到，除了芦苇、灯芯草和柳林里的风声。"

他的话，河鼠即便听到，也没回答。他心醉神迷，浑身战栗，整个身心都被这件神奇的新鲜事物占有了。它用强有力的手，紧紧抓住了他的无力抗拒的心灵，摇着、抚着，像搂着一个柔弱但幸福的婴孩。

鼹鼠默默地划着船，不一会儿，他们来到了一处河道分汊的地方，一股长长的洄水向一旁分流出去。河鼠早就放下了舵，这时，他把头轻轻一扬，示意鼹鼠向洄水湾划去。天色将曙，他们已能辨别宝石般点缀着两岸的鲜花的颜色。

"笛声越来越近，越来越清楚了，"河鼠欢喜地喊道，"这会儿你一定也听到了吧！啊哈！看得出来，你终于听到了！"

那流水般欢畅的笛声，浪潮般向鼹鼠涌来，席卷了他，整个占有了他。他屏住呼吸，痴痴地坐着，忘掉了划桨。他看到了同伴脸颊上的泪，便理解地低下头去。有好一阵，他俩待在那儿一动不动，任凭镶在河边的紫色珍珠草在他们身上拂来拂去。然后，伴随着醉人的旋律而来的，是又清晰又迫切的召唤，引得鼹鼠身不由己，又痴痴地俯身划起桨来。天更亮了，但是黎明时分照例听到的鸟鸣，却没有出现；除了那美妙的天籁，万物都静得出奇。

他们的船继续向前滑行，两岸大片丰美的草地，在那个早晨显得无比清新，无比青翠。他们从没见过这样鲜艳的玫瑰，这样丰茂的柳兰，这样芳香诱人的绣线菊。再往后，前面河坝的隆隆声已在空中轰鸣。他们预感到，远征的终点已经不远了。不管那是什么，它肯定正在迎候他们的到来。

一座大坝，从一岸到一岸，环抱着洄水湾，形成一个宽阔明亮的半圆形绿色水坡，泡沫飞溅，波光粼粼，把平静的水面搅出无数的漩涡和带状的泡沫；它那庄严又亲切的隆隆声，盖过了所有别的声响。在大坝那闪光的臂膀环抱中，安卧着一个小岛，四周密密层层长着柳树、白桦和赤杨。它羞羞怯怯，隐而不露，但蕴意深长，用一层面纱把它要藏匿的东西遮盖起来，等待适当的时刻，才向那应召而来的客人袒露。

两只动物怀着某种庄严的期待，毫不迟疑地把船划过那喧嚣动荡的水面，停泊在小岛鲜花似锦的岸边。他们悄悄上了岸，穿过花丛、芳香的野草和灌木林，踏上平地，来到一片绿油油的小草坪，草坪四周，环绕着大自然自己的果园——沙果树、野樱桃树、野刺李树。

"这是我的梦中歌曲之乡，是向我演奏的那首仙音之乡，"河鼠迷离恍惚地喃喃道，"要说在哪儿能找到'他'，那就是在这个神圣的地方，我们将找到'他'。"

鼹鼠顿生敬畏之情，他全身肌肉变得松软，头低低垂下，双脚像在地上生了根。那并不是一种惶恐的感觉，实际上，他心情异常宁静快乐；那是一种袭上心头并且紧紧抓住他的敬畏感，虽然他看不见，心里却明白，一个宏伟神圣的存在物就近在眼前。他费力地转过身去找他的朋友，只见河鼠诚惶诚恐地站在他旁边，浑身剧烈地颤抖。四周，栖满了鸟雀的树枝上，依旧悄无声息。天色，也越来越亮了。

笛声现在虽已停止，但那种召唤，却仍旧那么强有力，那么刻不容缓；要不然，鼹鼠或许连抬眼看一看都不敢。他无法抵拒那种召唤，不能不用肉眼去看那隐蔽着的东西，哪怕一瞬间就要死去也在所不惜。他战战兢兢地抬起谦卑的头。就在破晓前那无比纯净的氛围里，大自然焕发着她那鲜艳绝伦的绯红，仿佛正屏住呼吸，等待这件大事——就在这一刻，鼹鼠直视那位朋友和救主的眼睛。他看到一对向后卷曲的弯弯的犄角，在晨光下发亮；他看到一双和蔼的眼睛，诙谐地俯视着他俩，慈祥的两眼间一只刚毅的鹰钩鼻。一张藏在须髯下的嘴，嘴角似笑非笑地微微上翘；一只筋肉隆起的臂，横在宽厚的胸前，修长而柔韧的手，仍握着那支刚离唇边的牧神之笛；毛蓬蓬的双腿线条优美，威严而安适地盘坐草地上；而偎依在老牧神的两蹄之间，是水獭娃娃那圆滚滚、胖乎乎、稚嫩嫩的小身子，他正安逸香甜地熟睡。就在这屏住呼吸心情紧张的一瞬间，他看到了呈现在晨曦中的这幅鲜明的景象。他活着看到了这一切，因为他还活着，他感到十分惊讶。

"河鼠，"好不容易才缓过气来的鼹鼠，战战兢兢地低声说，"你害怕吗？"

"害怕？"河鼠的眼睛里闪烁着难以言表的敬爱，低声喃喃道，"害怕？怕他？啊，当然不！当然不！不过——不过——我还是有点儿害怕！"

说罢，两只动物匍匐在地上，低头膜拜起来。

骤然间，对面的天边升起一轮金灿灿的太阳。最初的光芒，横穿平坦的水浸草地，直射他们的眼睛，晃得他们眼花缭乱。等到他们再看到东西时，那神奇的景象已经不见了，只听得空中回荡着百鸟欢呼日出的颂歌。

他们茫茫然凝望着，慢慢地意识到，转瞬就失去了他们所看到的一切，一种说不出的怅惘袭上心头。这时，一阵忽忽悠悠的微风，飘过水面，摇着白杨树，晃着含露的玫瑰花，轻柔爱抚地吹拂到他们脸上，随着和风轻柔的触摸，顷刻间，他们忘掉了一切。这正是那位慈祥的半神为了关怀他显身相助的动

物，送给他们的一件礼物——遗忘。为了不让那令人敬畏的印象久久滞留心头，给欢乐蒙上沉重的阴影，不让那段重大回忆萦回脑际，损害那些被他救出困境的小动物的后半生，让他们还能像从前那样过得轻松愉快，他送给了他们这份礼物。

鼹鼠揉了揉眼睛，愣愣地望着茫然回顾的河鼠。他问："对不起，河鼠，你说什么来着？"

"我想我是说，"河鼠慢吞吞地回答，"这才是我们要找的地方，我们就应该在这里找到他。瞧！啊哈！他不就在那儿，那个小家伙！"河鼠高兴地喊了一声，向沉睡的胖胖跑去。

可是鼹鼠还怔怔地站了一会儿，想着心事。就像一个人突然从美梦中醒来，苦苦回忆这个梦，可又什么也想不起，只模模糊糊感到那个梦很美，美极了！随后，那点美的感觉也渐渐消失了。做梦的人只得悲哀地接受醒过来的冰冷严酷的现实，接受它的惩罚。鼹鼠正是这样，他苦苦回忆一阵之后，伤心地摇摇头，跟着河鼠去了。

胖胖醒来，快活地叽叽叫了一声。他看到父亲的两位朋友——他们过去常和他一起玩——高兴地扭动着身子。可是不一会儿，他脸上露出茫然的神色，转着圈儿寻找什么，鼻子里发出乞求般的哀鸣。他像一个在奶妈怀里甜甜入睡的小孩儿，醒来时，发现自己孤零零地待在一个陌生的地方，就到处寻觅，找遍了所有的屋角和柜橱，跑遍了所有的房间，心里越来越失望。胖胖坚持不懈地搜遍了整个小岛，最后他完全绝望了，坐在地上伤心地大哭起来。

鼹鼠赶紧跑过去安慰这小动物，可河鼠却迟迟不动，满腹疑云地久久注视着草地上一些深深的蹄印。

"有个——伟大的——动物——来过这里。"他若有所思地慢慢说；他站在那里，左思右想，心中翻腾得好生古怪。

"快来呀，河鼠！"鼹鼠喊，"想想可怜的老水獭吧，他还在渡口苦等哪！"

他们答应胖胖，要带他好好玩一趟——乘河鼠先生的小船在河上游荡一番，胖胖的心立刻得到了安慰。两只动物领他来到水边，上了船，让他安安稳稳坐在两人当中，打起桨往洄水

湾下游划去。太阳已经升得老高，晒在身上暖洋洋的，鸟儿们无拘无束地纵情歌唱，两岸的鲜花冲他们频频点头微笑。可不知怎的——他们觉得——花儿的颜色，总比不上新近在什么地方见过的那样丰富多彩，那样鲜艳夺目——那究竟是在哪儿呢？

又来到主河道了。他们掉转船头，逆流而上，朝水獭朋友正孤独守候的地点划去。快到那个熟悉的渡口时，鼹鼠把船划向岸边，把胖胖搀上岸，让他站在纤道上，命他开步走，又在他背上拍了拍，算是友好的道别，然后把船驶到中流。他们看着那个小家伙摇摇摆摆顺着纤道走去，一副满意又自得的神情。只见他猛地抬起嘴巴，蹒跚的步子一下子变成了笨拙的小步，脚步加快了，尖声哼哼着，扭动着身子，像是认出什么来了。他们向上游望去，只见老水獭一跃而起，纵身蹿出他耐心守候的浅水滩，神情紧张又严肃。他连蹦带跳，跑上纤道，发出一连串又惊又喜的吼叫。这时，鼹鼠把一支桨重重地一划，掉转船头，听任那满当当的河水把他们随便冲向哪里，因为，他们的搜寻任务已经大功告成了。

"河鼠，好奇怪。我感到疲乏极了，"鼹鼠有气无力地伏在桨上，由着船顺水漂流，"你也许会说，这是因为我们整宿没睡；可这并不算回事呀。每年这季节，我们每星期总有半数夜晚不睡觉的。不，我觉得像是刚刚经历过一件惊心动魄的大事件；可是，什么特别的事也没有发生呀。"

"也可以说，是某种非常惊人的、光辉的、美好的事情。"河鼠仰靠着，闭上眼睛喃喃道，"我的感觉跟你一样，鼹鼠，简直疲乏得要命，但并不是身体疲乏。幸亏咱们是在河上，它可以把咱们送回家去。太阳又晒到身上，暖融融的，钻到骨头里去了，多惬意呀！听，风在芦苇丛里吹曲儿哩。"

"像音乐——遥远的音乐。"鼹鼠昏昏欲睡地点着头说。

"我也这样想，"河鼠梦悠悠懒洋洋地说，"舞蹈音乐——那种节拍轻快又绵绵不绝的音乐——可是还带歌词——歌词忽而有，忽而没有——我断断续续能听到几句——这会儿又成了舞蹈音乐——这会儿什么也听不到了，只剩下芦苇细细的轻柔的窸窣声。"

"你耳朵比我好，"鼹鼠悲伤地说，"我听不见歌词。"

"我来试试把歌词念给你听，"河鼠闭着眼睛轻声说，"现在歌词又来了——声音很弱，但很清晰——'为了不使敬畏长留心头——不使欢笑变为忧愁——只要在急需时求助于我的威力——过后就要把它忘记！'现在芦苇接茬又唱了——'忘记吧，忘记。'声音越来越弱，变成了悄悄话。现在，歌词又回来了——

"'为了不使肢体红肿撕裂——我松开设下的陷阱——陷阱松开时，你们就能把我瞥见——因为你们定会忘记！'鼹鼠，把船划近些，靠近芦苇！歌词很难听清，而且越变越弱了。

"'我是救援者，我是治疗者，我鼓舞潮湿山林里的小小游子——我找到山林里迷路的小动物，为他们包扎伤口——嘱咐他们把一切忘怀！'划近些，鼹鼠，再近些；不行，没有用；那歌声已经消失，化成了芦苇的低语。"

"可是，这歌词是什么意思？"鼹鼠迷惑不解地问。

"这我也不知道，"河鼠只简单地回答，"我听到什么，就告诉你什么。啊！歌声又回来了，这回很完整，很清楚！这回到底是真实的，绝对错不了，简单——热情——完美——"

"那好，让咱听听。"鼹鼠说。他已经耐心等了几分钟，在炽热的阳光下，都有点儿瞌睡了。

可是没有回答。他瞅了河鼠一眼，就明白了为什么没有回答。他看到，河鼠脸上带着快乐的微笑，还挂着一丝侧耳倾听的神情，困倦的河鼠沉沉熟睡了。

8

蟾蜍历险记

　　蟾蜍被关进了一个阴森森臭烘烘的地牢，他知道，一座暗无天日的中世纪城堡，把他和外面的世界隔绝开了。外面那个世界，阳光灿烂，碎石子道路纵横交错，前不久，他还在那儿尽情玩乐，好不快活，就像全英国的道路都被他买下了似的。想到这儿，他一头扑倒在地上，流着辛酸的泪，完全陷入了绝望。"一切的一切全完啦，"他哀叹道，"至少是，蟾蜍的前途完啦，反正是一样。那个名声显赫、漂亮体面的蟾蜍，富有好客的蟾蜍，自由自在、无忧无虑、温文尔雅的蟾蜍，完啦！我胆大妄为，偷了人家一辆漂亮汽车，又厚着脸皮，粗暴无礼，对一大帮红脸膛的胖警察胡说八道，坐牢是我罪有应得，哪还有获释的希望！"抽泣噎住了他的喉咙，"我真蠢哪，现在，我只有在这个地牢里苦熬岁月。有一天，那些曾经以认识我为荣的人，连我蟾蜍的名字都给忘了！老獾多明智呀，河鼠多机灵呀，鼹鼠多懂事呀！你们的判断多么正确！你们看人看事，多透彻呀！唉，我这个不幸的、孤苦无依的蟾蜍哟！"他就这样昼夜不停地哀叹，一连过了好几个星期，不肯吃饭，也不肯吃点心。那位板着面孔的老狱卒知道他的口袋里装满了钱，一个劲儿提醒他，只要肯出价，就能为他从监狱外面搞到许多好东西，甚至还有奢侈品，可他硬是什么都不吃。

　　却说，这狱卒有个女儿，她是位心肠慈善的可爱姑娘，在监狱里帮着父亲干点儿轻便杂活。她特别喜欢动物，养了一只金丝雀，鸟笼子每天就挂在厚厚的城堡墙上的一只钉子上。鸟的鸣唱，吵得那些想在午饭后打个盹儿的犯人苦恼不堪。夜晚，鸟笼就用布罩罩着，放在厅里的桌子上。她还养着几只花斑鼠和一只不停地转着圈儿的松鼠。这位好心的姑娘很同情蟾蜍的悲惨处境。有一天，她对父亲说："爹！我实在不忍心看着这只可怜的动物那么受罪，您瞧他多瘦呀。您让我来管他吧。您知道，我是多么喜欢动物。我要亲手喂他东西吃，让他坐起来，干各种各样的事。"

　　她父亲回答说，她愿意拿蟾蜍怎么办都可以，因为他已经烦透了蟾蜍。他讨厌蟾蜍那副阴阳怪气、装腔作势的卑劣相。于是有一天，她就敲开蟾蜍囚室的门，去做行善的事。

　　"好啦，蟾蜍，打起精神来，"她一进门就说，"坐起来，擦干眼泪，做个懂事的动物。试试看，吃口饭吧。瞧，我给你拿来一点儿我的饭菜，刚出炉的，还热着哪。"

　　这是用两只盘子扣着的一份土豆加卷心菜，香气四溢，充满了狭小的牢房。蟾蜍正惨兮兮地伸开四肢躺在地上，卷心菜那股浓烈的香味钻进了他的鼻孔，一时间使他感到，生活也许还不像他想象的那样空虚绝望。不过，他还是悲伤地哭个没完，踢蹬着两腿，不理会她的安慰。聪明的姑娘暂时退了出去，不过，她带来的热菜的香气还留在牢房里。蟾蜍一边抽泣，一边用鼻子闻，同时心里想着，渐渐地想到了一些使他激动的新念头，想到侠义行为，想到诗歌，还有那些等着他去完成的业绩；想到广阔的草地，阳光下，微风里，在草地上吃草的牛羊；想到菜园子，整齐的花坛，被蜜蜂团团围住的暖融融的金鱼草；还想到蟾宫里餐桌上碗碟那悦耳的叮当声和人们拉拢椅子就餐时椅子腿擦着地板的声音。狭小的囚室里的空气仿佛呈现出玫瑰色。他想起了自己的朋友们，他们准会设法营救他的；他想到律师，他们一定会对他的案子感兴趣的。他是多么愚蠢，当时为什么不请几位律师。末了，他想到自己原是绝顶聪明、足智多谋，只要肯动动自己那伟大的脑筋，世间万事他都能办到。想到这里，所有的苦恼几乎一扫而光了。

几个钟头以后，姑娘又回来了。她端着一个托盘，盘里放着一杯冒着热气的香茶，还有堆得老高的一盘热腾腾的黄油烤面包。面包片切得厚厚的，两面都烤得焦黄，熔化的黄油顺着面包的孔眼儿直往下滴，变成金黄色的大油珠，像蜂巢里淌出来的蜜。黄油烤面包的气味，简直在向蟾蜍讲话，说得清清楚楚，半点儿不含糊。它讲到暖融融的厨房，明亮的霜晨的早餐；讲到冬日黄昏漫游归来，穿拖鞋的脚搁在炉架上，向着一炉舒适的旺火；讲到心满意足的猫打着呼噜，昏昏欲睡的金丝雀在啁啾。蟾蜍又一次坐起身来，抹去眼泪，啜起了茶，嚼开了烤面包，无拘无束地对姑娘谈起了他自己，他的房子，他在那里都干些什么，他是一个何等显要的人物，他的朋友们多么敬重他。

狱卒的女儿看到，这个话题像茶点一样，对蟾蜍大有裨益，就鼓励他说下去。

"给我说说你的蟾宫吧，"她说，"看来那是个美丽的地方。""蟾宫嘛，"蟾蜍骄傲地说，"是一所合格的、独门独户的绅士住宅。它别具一格，一部分是在十四世纪建成的，不过现在安装了最方便的现代化设施，有最新款式的卫生设备，离教堂、邮局、高尔夫球场都很近，只消走五分钟就到。适合于——"

"上天保佑你这动物，"姑娘大笑着说，"我又不打算买下它。给我讲讲房子的具体情况吧。不过先等一下，我再给你拿点儿茶和烤面包来。"

她一溜小跑走开，很快又端来一盘吃的。蟾蜍贪馋地一头扎进烤面包，情绪多少恢复过来。他给她讲他的船坞、鱼塘、围墙里的菜园；讲他的猪圈、马厩、鸽房、鸡舍；讲他的牛奶棚、洗衣房、瓷器柜、熨衣板（这玩意儿她特喜欢）；讲他的宴会厅，他怎样招待别的动物围坐在餐桌旁，而他蟾蜍如何意气风发，神采飞扬，又唱歌，又讲故事，诸如此类。然后，她又要他谈他的动物朋友们的情况，津津有味地听他讲他们怎样过活，怎样娱乐消遣，一切一切。当然，她没有说她是把动物当宠物来喜爱，因为她知道那会使蟾蜍大为反感。末了，她给他把水罐盛满，把铺草抖松，向他道了晚安。这时，他已经恢复到原先那个沾沾自喜、扬扬得意的蟾蜍了。他唱了一两支小曲儿，就是他过去在宴会上常唱的那种歌，蜷曲着身子躺在稻草里，美美地睡了一夜，还做了许多最愉快的好梦。

打那以后，沉闷的日子过了一天又一天，他们经常在一起谈得很投机。狱卒的女儿越来越替蟾蜍抱不平，她觉得，这么一只可怜的小动物，为了一个微不足道的过失，就给关在监牢里，太不应该了。蟾蜍呢，他的虚荣心又抬头了，以为她关心自己，是出于对自己滋生了恋情。只是他认为，他俩之间社会地位太悬殊，他不能不为此感到遗憾，因为她是个挺招人喜欢的小妞儿，而且显然对他一往情深。

有天早上，那女孩儿像是有心事似的，回答他的问题时有点儿心不在焉。蟾蜍觉得，他那连篇的机智妙语和才气横溢的评论，并没引起她应有的注意。

"蟾蜍，"她开门见山地说，"你仔细听着。我有个姑母，是个洗衣妇。"

"好啦，好啦，"蟾蜍温文和蔼地说，"这没关系，别去想它啦。我也有好几位姑母，本来都要做洗衣妇的。"

"蟾蜍，你安静一会儿好不好，"那女孩儿说，"你太多嘴多舌了，这是你的大毛病。我正在考虑一个问题，你搅乱我的思路。我刚才说，我有位姑母，她是个洗衣妇。她替这所监狱里所有的犯人洗衣服——我们照例总把这类来钱的活儿留给自家人，这你明白。她每星期一上午把要洗的衣服取走，星期五傍晚把洗好的衣服送回来。今儿是星期四。你瞧，我想到这么个招儿：你很有钱——至少你老是这样对我说——而她很穷。几镑钱，对你来说不算回事，可对她却大有用场。要是多多少少打点打点她——也就是你们动物常说的，笼络笼络她，我想，你们也许可以做成一笔交易：她让你穿上她的衣裳，戴上她的布帽什么的，你呢，装扮成专职洗衣妇，就可以混出监狱。你们俩有许多地方挺相像——特别是身材差不多。"

"我和她根本不相像，"蟾蜍没好气地说，"我身材多优美呀——就蟾蜍而言。"

"我姑母也一样——就洗衣妇而言。"女孩儿说，"随你的便。你这个可恶的、骄傲的、忘恩负义的东西！我还为你难过，想帮你一把哩！"

"好，好，没关系；多谢你的好意啦，"蟾蜍连忙说，"不过，问题是，你总不能让蟾宫的蟾蜍先生装成洗衣妇，满世界跑吧！"

"那你就老老实实待在这儿，当你的蟾蜍去吧！"女孩儿怒冲冲地说，"我看，你大概是想坐上四匹马拉的车出去吧！"

诚实的蟾蜍总是乐于认错的，他说："你是一位善良、聪明的好姑娘，我确实是只又骄傲又愚蠢的蟾蜍。请多关照，把我介绍给你尊敬的姑母吧。我相信，令姑母大人和在下一定能达成双方都满意的协议。"

第二天傍晚，女孩儿把她的姑母领进蟾蜍的牢房，还带给他一包能换洗一周的衣服，用毛巾包好，别针别住。这次会见，事先已经向老太太打过招呼，而蟾蜍又细心周到地把一些金币放在桌上显眼的地方，于是谈判马到成功，无须多费唇舌。蟾蜍的金币换来了一件印花棉布裙衫、一条围裙、一条大围巾，还有一顶褪了色的黑布女帽。老太太提出的唯一条件，就是把她的嘴堵上，捆绑起来，扔在墙角。她解释说，凭着这样一种不太可信的伪装，加上她自己编造的一套有声有色的情节，她希望能保住自己的饭碗，尽管事情显得十分可疑。

蟾蜍欣然接受了这个建议。这能使他气派地离开监狱，而不辱没他那个危险的亡命之徒的英名。于是他很乐意地帮助狱卒的女儿，把她的姑母尽量伪装成一个身不由己的受害者。

"现在，蟾蜍，该轮到你了，"女孩儿说，"脱掉你身上的外衣和马甲，你已经够胖的了。"

她一面笑得前仰后合，一面动手给他穿上印花棉布裙衫，紧紧地扣上领扣，披上大围巾，打了一个符合洗衣妇身份的褶，又把褪色的女帽的带子系在下巴底下。

"你跟她简直一模一样了，"她咯咯笑着说，"只是我敢说，你这辈子还从没这么体面过。好啦，蟾蜍，再见吧，祝你好运。顺着你进来时的路一直走；要是有人跟你搭讪——他们很可能会的，因为他们都是男人嘛——你当然也可以跟他们打打趣儿，不过要记住，你是一位寡妇，孤身一人在世上过活，可不能丢了名声呀。"

蟾蜍揣着一颗怦怦乱跳的心，迈着尽可能坚定的步子，小心翼翼地走出牢房，开始一场看来最轻率最冒险的行动。不过，他很快就惊喜地发现，道道关卡都一帆风顺地通过了。可是一想到他的这份好人缘，以及造成这种好人缘的性别，实际上都是另外一个人的，又不免多少感到屈辱。洗衣妇的矮胖身材，她身上那件人们熟悉的印花布衫，对每扇上了闩的小门和森严的大门，仿佛都是一张通行证。甚至在他左右为难，不知该往哪边拐时，下一道门的卫兵就会帮他摆脱困境，高声招呼他快些过去。因为那卫兵急着要去喝茶，不愿整夜在那儿等着。主要的危险，倒是他们拿俏皮话跟他搭讪，他自然不能不当机立断做出恰如其分的回答。因为蟾蜍是个自尊心很强的动物，他们的那些打诨逗趣，他认为多数都很无聊笨拙，毫无幽默感可言。不过，费了很大劲，总算耐下性子，使自己的回答适合对方和他乔装的人物的身份，情趣高雅而不出格。

仿佛过了好几个钟头，他才穿过最后一个院子，辞谢了最后一间警卫室里盛情的邀请，躲开了最后一名看守佯装要和他拥抱诀别而伸出的双臂。最后，他终于听到监狱大门上的便门在他身后咔嗒一声关上了，感到外面世界的新鲜空气吹拂在他焦虑的额上，他知道，他自由了！

　　这次大胆的冒险，这样轻而易举就获得了成功，使得他头发晕。他朝镇里的灯光快步走去，丝毫不知道下一步该怎么办，脑子里只有一个念头，就是必须尽快离开邻近地区，因为他被迫装扮的那位太太，在这一带是人人熟识和喜欢的一个人物。

　　他边走边想，忽然注意到，不远处，在镇子的一侧，有一些红绿灯在闪烁，机车的喷气声，车辆进岔道的撞击声，也传进了他的耳朵。"啊哈！"他想，"真走运！这会儿，火车站是我在世上最渴望的东西；而且，到火车站去不需要穿过镇子，用不着再装扮这个丢人现眼的角色，用不着再花言巧语跟人周旋了，尽管那很管用，可有损一个人的尊严。"

　　他径直来到火车站，看了看行车时刻表，看到有一趟大致开往他家那个方向的车，半小时以后就开车。"又交上好运啦！"蟾蜍说。他来了精神头，到售票处去买票。

他报了离蟾宫最近的车站的名称。他本能地把手伸进马甲的兜里去掏钱。那件棉布衫，直到这一刻一直在忠实地为他效劳，他却忘恩负义，把它忘掉了。现在这件衣裳横插一手，阻碍他掏钱。像做噩梦似的，他拼命撕扯那怪东西，可那东西仿佛抓牢了他的手，还不住地嘲笑他，使他耗尽全身的力气而不能得逞。其他旅客在他后面排成长队，等得不耐烦了，向他提出有用或没用的建议，或轻或重的批评。末了，不知怎么搞的——他也闹不清是怎么回事——他突破了重重障碍，终于摸到了他素来装钱的地方，不料却发现，非但没有钱，连装钱的口袋也没有，甚至连装口袋的马甲也没啦！

他惊恐万分，想起他把他的外衣和马甲，连同他的钱包、钱、钥匙、表、火柴、铅笔盒，一切的一切，全都丢在地牢里了。正是这些东西，使一个人活得有价值，使一个拥有许多口袋的动物、造物的宠儿，有别于只拥有一个口袋或根本没有口袋的低等动物，他们只配凑合着蹦蹦跳跳，却没有资格参加真正的竞赛。

他狼狈不堪，只得孤注一掷。他又摆出自己原有的优雅风度——一种乡村绅士和名牌大学院长兼有的气派——说："唉！我忘带钱包啦，请把票给我好吗？明天我就差人把钱送来。在这一带我是知名人士。"

售票员把他和他那顶褪色的黑布女帽盯了片刻，然后哈哈大笑说："我相信你在这一带定会出名的，要是你老要这套鬼花招。听着，太太，请你离开窗口，你妨碍别的旅客买票了！"

一位老绅士已经在他后背戳了好一阵子，这时干脆把他推到一边。更不像话的是，竟管蟾蜍叫"我的好太太"，这比那晚发生的任何事都更令他恼火。

他一肚子委屈，满心的懊丧，漫无目的地沿着火车停靠的月台往前走，眼泪顺着两腮滚落下来。他心想，眼看就要到手的安全和归家，想不到只因为缺少几个臭钱，因为车站办事员吹毛求疵、故意刁难，就全告吹了，多倒霉哟。他逃跑的事很快就会被发现，跟着就是追捕，被抓住，受辱骂，戴上镣铐，拖回监狱，又回到那面包加白水加稻草地铺的苦日子。他会加倍受到看管和刑罚。哎呀，那姑娘该怎样嘲笑他啊！可他天生不是个飞毛腿，跑不快，他的体形又很容易被人辨认出来。怎么办？能不能藏在车厢座位底下呢？他见过一些小学生，把关怀备至的父母给的车钱全都花在别的用途上，就用这办法混车，他是不是也能如法炮制？他一边合计着，不觉已走到一辆机车跟前。一位壮实的司机，一手拿着油壶，一手攥着块棉纱团，正倍加爱护地给机车擦拭、上油。

"你好，大娘！"司机说，"遇到麻烦了吗？你像是不大高兴。"

"唉，先生，"蟾蜍说，又哭了起来，"我是个不幸的穷洗衣妇，所有的钱都丢失了，没钱买火车票，可我今晚非赶回家不可，不知道咋办才好。老天爷呀！"

"太糟了，"司机思忖着说，"钱丢了——回不了家——家里还有几个孩子在等你吧？"

"一大帮孩子，"蟾蜍抽泣着说，"他们准要挨饿的——要玩火柴的——要打翻油灯的，这帮小傻瓜！——会吵架的，吵个没完。老天爷！老天爷！"

　　"好吧，我给你出个主意，"好心的火车司机说，"你说你是干洗衣这行当的，那很好。我呢，你瞧，是个火车司机。开火车是个脏活。我穿脏的衬衣一大堆，我太太洗都洗烦了。要是你回家以后，替我洗几件衬衣，洗好给我送来，我就让你搭我的机车。这是违反公司规章的，不过这一带很偏僻，要求不那么严。"

　　蟾蜍的愁苦一下子变成了狂喜，他急急忙忙爬进驾驶室。自然喽，他这辈子没洗过一件衬衣，就是想洗也不会，所以，他压根儿就不打算洗。不过他合计："等我平安回到蟾宫，有了钱，有了盛钱的口袋，我就给司机送钱去，够他洗好些衣裳的，那还不是一样，说不定更好哩。"

信号员挥动了他望眼欲穿的那面小旗，火车司机拉响了欢快的汽笛。火车隆隆驶出了站台。车速越来越快，蟾蜍看到两旁实实在在的田野、树丛、矮篱、牛、马，飞一般地从他身边闪过。他想到，每过一分钟，他就离蟾宫更近，想到同情他的朋友、衣袋里叮当作响的钱币、软软的床、美味的食物，想到人们对他的历险故事和过人的聪明齐声赞叹——想到这一切，他禁不住蹦上蹦下，大声喊叫，断断续续地唱起歌来。火车司机大为惊诧，因为洗衣妇他以前偶尔也碰到过，但这样一位洗衣妇，他可是从没见过。

他们已经驶过了许多里的路程，蟾蜍在考虑到家后吃什么晚餐。这时，他注意到司机把头探出窗外，用心听着什么，脸上露出疑惑的神情，随后，司机又爬上煤堆，越过车顶向后张望。回到车里，他对蟾蜍说："真怪，今晚这条线上，我们是最后一班车，可是我敢保证，我听到后面还有一辆车开过来！"

蟾蜍马上收起了他那套轻浮的滑稽动作，变得严肃忧郁起来。脊梁骨下半截一阵隐隐的痛感，一直传到两腿，使他只想坐下来，竭力不去想各种可能发生的情况。

这时，月亮照耀得通明，司机设法在煤堆上站稳了，可以看清他们后面长长的路轨。

他立刻喊道："现在我看清楚了！是一辆机车。在我们同一条轨道上，飞快地开过来了！他们像是在追我们！"

倒霉的蟾蜍蹲在煤堆上，绞尽脑汁想脱身之计，可硬是一筹莫展。

"他们很快就撵上咱们了！"司机说，"机车上满是奇奇

125

怪怪的人！有的像古代的卫兵，手里晃着戟；有的是戴钢盔的警察，手里挥着警棍；还有一些是穿得破破烂烂戴高礼帽的人，拿着手枪和手杖，即使隔这么远，也可以断定那是便衣侦探；所有的人都挥着家伙，喊着同一句话，'停车，停车，停车！'"

这时，蟾蜍一下子跪在煤堆上，举起两只合拢的爪子，哀求道："救救我吧，求求你，亲爱的好心的司机先生，我向你坦白一切！我不是那个简单的洗衣妇！也没有什么天真的或者淘气的孩子在家等我！我是一只蟾蜍——是赫赫有名受人爱戴的蟾蜍先生，我是一个地产主。我凭着极大的勇气和智慧，刚刚从一座可憎的地牢里逃了出来。我坐牢,是由于仇人陷害。要是再给那辆机车上的人抓住,我这个可怜、不幸、无辜的蟾蜍,就会再次陷入戴枷锁、吃面包、喝白水、睡草铺的悲惨境地!"

火车司机非常严厉地低头望着他,说:"你老实告诉我,坐牢是因为什么?"

"没什么大不了的事,"可怜的蟾蜍说,满脸通红,"我只不过在车主吃午饭的时候,借用一下他们的汽车;他们当时用不着它。我并不是有意偷车,真的;可是有些人——特别是地方官们——竟把这种粗心大意的鲁莽行为看得那么严重。"

火车司机神情非常严肃,他说:"恐怕你确实是一只坏蟾蜍,我有权把你交给法律去制裁。不过你现在显然是处在危难中,我不会见死不救。一来,我不喜欢汽车;二来,我在自己的机车上不爱听警察们支使。再说,看到一只动物流眼泪,我于心不忍。所以,打起精神来,蟾蜍!我要尽最大的努力搭救你,咱们兴许还能挫败他们!"

他们一个劲儿往锅炉里添煤;炉火呼呼地吼,火花四溅,机车上下颠动,左右摇晃,可是追撵的机车还是渐渐逼近了。司机用废棉纱擦了擦额头,叹口气说:"这样怕不行,蟾蜍。你瞧,他们没有负重,跑起来轻快,而且他们的机车更优良。咱们只有一个法子,这是你逃脱的唯一机会,好好听我说。前方不远,有一条很长的隧道,过了隧道,路轨要穿过一座密林。过隧道时,我要加足马力,可后面的人因为怕出事故,会放慢速度。一过隧道,我就关气门,来个急刹车,等车速慢到可以安全跳车时,你就跳下去,在他们钻出隧道、看到你以前,跑进树林里藏起来。然后我再全速行驶,引他们来追我,随他们想追多久就追多久好啦。现在注意,做好准备,我叫你跳车,就跳!"

他们又添了些煤,火车像子弹一样射进隧洞,机车轰隆隆狂吼着往前直冲,末了,他们从隧道另一端射出来,又驶进新鲜空气和宁静的月光。只见那座树林横躺在路轨的两侧,显得非常乐意帮忙的样子。司机关上气门,踩住刹车,蟾蜍站到踏板上,车速减慢到差不多和步行一样时,他听到司机一声喊:"现在,跳!"

蟾蜍跳了下去,一骨碌滚过一段短短的路基,从地上爬起来,居然一点儿没伤着。他爬进树林,藏了起来。

他从树林里往外窥望,只见他坐的那辆火车又一次加速行进,转眼间就消失不见了。接着,从隧道里冲出那辆追车,咆哮着,尖声鸣着笛,车上那帮人摇晃着各自不同的武器,高喊:"停车!停车!停车!"等他们驶了过去时,蟾蜍禁不住哈哈大笑——自打入狱以来,他还是第一次笑得这样痛快。

可是,他很快就笑不起来了,因为他想到,这时已是深夜，又黑又冷，他来到了一座不熟悉的树林，身无分文，吃不上晚饭，仍旧远离朋友和家。火车震耳的隆隆声消逝以后，这里的一切像死一般寂静，怪吓人的。他不敢离开藏身的树丛，觉得离铁路越远越好，于是钻进深深的林子。

在监狱里蹲了这么久，他感到树林特别生疏，特别不友好，像成心在拿他取笑逗乐似的。夜莺单调的嘎嘎声，使他觉得林中布满了搜索他的卫兵，从四面八方向他包抄过来。一只猫头鹰，悄没声地猝然向他扑来，翅膀擦着他的肩头，吓得他跳了起来，心惊胆战地想：那准是一只手。接着猫头鹰又像飞蛾一样轻轻掠过，发出一串低沉的"呵！呵！呵！"的笑声，听起来非常下流。有一回，他碰上一只狐狸，那狐狸停下来，讥讽地朝他上下打量了一番，说："喂，洗衣婆！这星期少了我一只袜子、一个枕套！下次留神别再犯！"说罢，窃笑着摇摇摆摆走开了。蟾蜍四处看，想找块石头打他，可就是找不到，更是气坏了。末了，又冷，又饿，又乏，他找到一个树洞，躲了进去，设法用树枝和枯叶铺了一张比较舒适的床，沉沉地睡着了，直睡到天明。

9

天涯旅人

河鼠心烦意乱、焦躁不安，也不知究竟因为什么。从表面看，大自然还保持着盛夏欣欣向荣的气象，尽管庄稼地的翠绿已让位给了金黄，花楸树变红了，丛林已有多处染上了烈焰般的赤褐，然而光照、气温和色彩依旧没有减退，看不出一年行将逝去的萧瑟迹象。不过，果园里树篱间那弦歌不辍的大合唱已消减，只剩下几个不知疲倦的演唱者，偶尔表演一曲黄昏之歌。知更鸟又开始大出风头。空气里荡漾着一种变迁和别离的意蕴。杜鹃自然早就沉默了，许多别的羽翼界朋友，几个月来一直是这幅熟悉的风景画和那个小小社会的一部分，也逐渐隐没不见，他们的队伍看来正一天天减员。河鼠向来密切关注着所有羽翼界的活动，看到他们正日渐趋向南迁。甚至夜间躺在床上，他也能听出那急于南行的鸟儿们听从造化的指令，扑打着翅膀掠过夜空。

自然界的大饭店，也和其他大饭店一样，有它自己的旺季和淡季。旅客们一个又一个收拾行装，结账离店，公共餐厅里每开过一顿饭，座椅就撤去一批，怪凄凉的。一套套房间关闭了，地毯卷起来了，侍者辞退了。而那些常住的客人，则留下等待来年饭店全面开业。他们眼瞅着大批旅伴飞走的飞走，告别的告别，热烈地谈论着下一步的计划、路线和新居，眼瞅着伙伴的人数日渐削减，心情难免不受影响。他会感到心绪不宁，郁郁寡欢，烦躁易怒。你们干吗要变换环境？干吗不老老实实待在这儿，安安生生过日子？这家饭店在淡季的模样，你没见识过；你哪里知道，我们这些留下来共赏四时美景的动物，享有多少乐趣。可那些打定主意要走的动物总是回答说：当然，这无疑是事实；我们非常羡慕你们——也许改年我们也留下来——不过现在我们另有约会——公共汽车就停在门口，出发的时刻到啦！于是，他们点头微笑，走啦，撇下我们苦苦思念他们，心头窝着火。河鼠是一种知足常乐的动物，扎根在这片土地上，不管谁走，他反正不走；尽管如此，他还是不免觉察到空气里有种变化，骨子里难免受到感染。

处处都在忙着辞行送别，行色匆匆，在这种时候，要安下心来干点儿正事，是很难的。河岸边，灯芯草丛已经长得又高又密，河水已经流得缓慢，水位低落了。河鼠离开了河岸，漫无目的地朝田野走去。他走过一两块龟裂的布满尘埃的牧场，一头钻进一大片麦田。麦子金灿灿的，麦浪翻滚，沙沙作响，充满了宁静的动作和呢喃细语。河鼠常喜欢在这里漫游，穿行在粗壮的麦秆丛林之间。麦秆在他头上高高地支起一片金色的天空——那天空总在不停地婆婆起舞，闪闪发光，细语绵绵，有时被过路的风刮得歪歪斜斜，风一过，它又把头一昂，开怀大笑，恢复故态。在麦田里，河鼠也有许多小友，整个一个小社会，他们过着丰足忙碌的生活，可也总能抽出片刻空闲，和来访的客人聊会儿闲天，互换个信息。但今天，不知怎的，野鼠和田鼠尽管挺客气，却似乎心不在焉。他们有些在忙着挖洞掘壕；另一些则分成小组，在研究一套套小居室的规划和草图，考虑如何才能把小居室构造得紧凑适用，而且要建在仓库附近。有的正把积满尘土的箱笼和衣篓拖出来，有的已经在埋头捆扎自己的财物；遍地都是一堆堆一捆捆的小麦、燕麦、大麦、果实、干果，等待运走。

"河鼠兄来啦！"他们一见河鼠，便喊了起来，"快过来帮一手，河鼠，别在那儿愣着！"

"你们在玩什么游戏呀？"河鼠绷着脸说，"你们该懂得，现在还不是考虑过冬住所的时候，早着哪！"

"是啊，这我们懂，"一只田鼠有点儿不好意思地说，"不过，及早做准备总是好的，对不？我们必须赶在那些可怕的机器开始轧轧地翻地之前，把这些家具、行李和储备粮搬走。再说，你也知道，现如今最好的套间很快就给抢光了，要是你晚了一步，你就得随便找个地方将就住下；而且，新住所还得先修整拾掇一番，才能搬进去呀。当然，现在是早了点儿，这我们知道，不过我们也只是刚开个头。"

"开什么头。"河鼠说，"天气这么好，跟我一道划划船，或者在树篱边散散步，或者到树林里去野餐，或者干点儿别的什么不好吗？"

"噢，今儿个不去了，谢谢你。"田鼠忙说，"也许改天——等我们有空——"

河鼠轻蔑地哼了一声，转身要走，不想踩到一只帽盒，摔倒了，嘴里不干不净地骂了几句。

"要是人们小心在意些，"一只田鼠尖刻地说，"走路留神看道，人们就不致伤着自己，不致失态了。注意那只大旅行袋，河鼠！你最好找个地方坐坐。再过一两个钟头，我们也许就有空闲陪陪你了。"

"你所说的'空闲'，只怕在圣诞节以前，是不会有的。"

河鼠没好气地反唇相讥。他在行李堆中择路走出了麦田。

河鼠灰溜溜地回到了河边——那是他忠实的稳重的老河；它从不收拾行装，从不开溜，也从不搬到别的住宅去过冬。

他看见，岸边的一排杞柳林里，栖着一只燕子。不一会儿又来了一只，跟着又来了第三只。燕子们在枝头不停地动弹，热烈地低声交谈。

"怎么，这就要走？"河鼠踱到他们跟前，问道，"着什么慌呀？我说，这简直滑稽可笑。"

"噢，如果你是说要走，我们还不走哩，"第一只燕子回答说，"我们只是筹划筹划，安排安排。只是谈谈，今年打算走哪条路线，在哪儿歇脚，诸如此类。这也挺有趣哩。"

"有趣？"河鼠说，"我真不理解。要是你们非离开这个愉快的好地方不可，非离开想念你们的朋友和刚刚安顿好的舒适的家不可，到该走的时候，我不怀疑，你们会勇敢地飞走，面对一切艰难险阻、变幻莫测的新环境，还要摆出一副高高兴兴的样子。可是，还没到非走不可的时候，就谈论起来，哪怕只是想一想，这未免——"

"你当然理解不了，"第二只燕子说，"首先，我们内心感到一种骚动，一种甜蜜的不安。然后，往事就像信鸽一样，一桩桩一件件飞了回来。它们夜间在我们梦中翱翔，白天就随我们一道在空中盘旋。当那些早已忘掉的地方，它们的气味、声响和名称一个个飞回来向我们招手时，我们就渴望互相询问，交流信息，好让自己确信这一切都是真实的。"

"今年你们能不能留下不走，就待一年行不行？"河鼠巴巴地向他们建议，"我们要尽力使你们过得舒适惬意。你们走得老远，根本想不到我们这儿过得多么开心。"

"有一年我试着留下来的，"第三只燕子说，"我越来越喜欢这地方，所以到了该走的时候，我就留下了，没跟别的燕子一块儿走。开头几星期，情况还算好，可后来，哎呀呀，黑夜那么长，好无聊啊！白天不见阳光，阴森森的！空气又潮又冷，一亩地里也找不到一只虫子！不行，这样可不行，我的勇气垮掉了，于是在一个暴风雨的寒夜，我起飞了。那天东风刮得紧，我在内陆飞得挺顺利。飞过高山峡谷时，下起了大雪，我努力拼搏一番，才穿过山隘。当我迅速飞到大湖上时，我又一次感到背上晒着暖融融的太阳，尝到第一只肥胖的虫子的美味，那种幸福的感觉真是再也忘不掉！过去的时光就像一场噩梦，未来全是快乐的假日。一周又一周，我不停地往南飞，飞得轻松，飞得悠闲，需要逗留多久就多久，只是随时注意倾听南方的呼唤。所以，我不能留下，我有过教训，再也不敢违抗南方的召唤了。"

"是啊，是啊，南方在召唤，南方在召唤！"另两只燕子做梦似的呢喃着，"南方的歌，南方的色彩，南方明朗的空气！噢，你可记得——"他们忘掉了河鼠，只顾沉迷在热情的回忆里。河鼠听得出神，他的心开始烧得火辣辣的。他暗自明白，那根弦，那根一直沉睡着、没被觉察的弦，终于也震颤起来了。光是这几只南飞鸟儿的闲谈，他们那并不生动的第二手叙述，就足以撩拨起这种如醉如狂的新感受，激得他浑身上下躁动不已。如果亲自去体验一下，感受南方太阳热情的抚摩，南方香风轻柔的吹拂，那将会是怎样一番滋味？他闭上双眼，有一刻大胆地纵情沉溺在幻梦里，等他再睁眼时，那条河似乎成了铅灰色，冷冰冰的，绿色的田野变得暗淡无光了。这时，他那颗忠贞的心，似乎在大声谴责他那个软弱的自我的背叛。

"那你们为什么还要回来？"他猜疑地问燕子，"这片可怜的灰暗的小天地，还有什么可吸引你们的地方？"

第一只燕子说："在适当的季节到来时，你以为我们感受不到另一种召唤吗？那丰茂的草地，湿润的果园，满是虫子的暖水池塘，吃草的牛羊，翻晒的干草，理想的屋檐，房子周围的各种农场设施，不是也在召唤我们吗？"

第二只燕子说："你以为只有你才渴望再一次听到杜鹃的啼声吗？"

"到一定的时候，"第三只燕子说，"我们又会患起思乡病，想念着英国溪水上漂着的幽静的睡莲。不过在今天，那些似乎都显得那么苍白、单薄、遥远。这一刻，我们的血液是和着另一种音乐翩翩起舞。"

他们又自顾自地互相叽喳起来。这回他们那兴奋的话题是蔚蓝的海洋、金黄的沙滩和壁虎爬上爬下的围墙。

河鼠又一次焦躁不安地走开了。他爬上大河北岸那缓缓的斜坡，躺了下来，极目朝南望去。南边那条环形的大丘陵带，挡住了他的视线，他看不到往南更远的地方——迄今为止，那就是他的地平线，他的梦幻山脉，他目光的极限，在那以外，就没有什么值得他去看或去了解的东西了。今天，他极目南眺时，由于一种新的渴求在心中翻腾，那绵亘的低矮的丘陵上面的晴空，仿佛颤动着希望。今天，看不到的东西成了至关重要的，不了解的东西成了生活中唯一的真实。山这边，是真正的空虚；山那边，展现着一派熙熙攘攘、五彩纷呈的生活全景，他内心的眼睛现在看得很清楚。那边有碧波荡漾、白浪翻滚的海洋！有沐浴在阳光下的沙滩，白色的别墅在橄榄林的掩映下闪光！有宁静的港湾，停满了气派的船舶，准备开往盛产美酒和香料的紫色岛屿，那些岛屿低低隆起在水波不兴的海面上。

他站了起来，又一次朝河岸走去。随后，他改变主意，转向尘土飞扬的小径那边。他躺了下来，在小径两侧茂密、阴凉、枝杈交错的矮树篱的掩蔽下，他可以默默观望那条碎石子路，想着它通向的那个奇妙世界，还可以细细观察走在路上的往来行人，想着他们将去寻求或不寻自来的种种好运、奇遇——在那边——在远方！

一阵脚步声传到他耳中，一个走乏了的动物的身影映入他眼帘。原来那是只老鼠，一只风尘仆仆的老鼠。那只过路的老鼠走到他跟前时，用一种带点儿外国味的姿态向他致意，迟疑了片刻，然后愉快地微笑着，离开道路，来到阴凉的树篱下，在他身旁坐下。他显得很疲乏，河鼠让他在那儿休息，没有问什么，因为他多少明白老鼠此时的心情，也懂得所有的动物有时遵循的一个信念——当疲乏的身体松弛下来，大脑需要宁静时，无言的相互做伴是最有益处的。

这位过路的老鼠很瘦，尖脸，肩背微弓，爪子细长，眼角布满皱纹，纤巧优美的耳朵上，戴着小小的金耳环。他穿着一

件褪了色的蓝针织上衣，裤子底色原是蓝的，打了补丁，满是泥污。他随身携带的微薄财物，用一块蓝布手帕包着。

这位陌生老鼠歇了一会儿，然后叹口气，用鼻子嗅了嗅空气，环视四周。

"那是苜蓿，微风吹来阵阵暖香，"他评论说，"牛在我们背后吃草，吃几口，轻轻地喷一下鼻息。远处有农人收割庄稼的声音，那边，树林前面，农舍升起一缕青色的炊烟。河流就在附近不远，因为我听到红松鸡的叫声。从你的体格看，我想你一定是一位内河水手。一切都像在沉睡，可一切又都在进行。朋友，你日子过得蛮不错；只要你身强力壮能干活，你的生活无疑是世上最美好的生活。"

"是啊，这才叫生活，唯一值得过的生活。"河鼠做梦似的回答说，可是不像平日那样信心十足。

"我倒也不完全是这个意思，"陌生老鼠谨慎地说，"不过这无疑是最好的生活。我尝试过，所以我知道。正因为我刚刚领略过——生活过六个月——所以知道它是最好的。你瞧，我现在脚走疼了，肚子饿了，就要离开这种生活，往南边流浪，听从那个老呼唤，回到那种老生活。那是我自己的生活，它不允许我离开它。"

"难道说，他又是一个南行的动物？"河鼠暗想。他问道："你刚从哪儿来？"他不敢问老鼠要往哪儿去，因为答案是什么，他似乎已很清楚。

"从一个可爱的小农庄来，"过路老鼠简短地回答，"就在那个方向。"他冲北边点点头，"这无关紧要。我在那儿什么都不缺。我希望从生活中得到的一切我都有，甚至更多；可现在，我来到了这里。不过，来这里，我也喜欢，同样喜欢！因为我已经走了那么多路，离我渴望的地方又近了许多！"

他目光炯炯地紧盯着地平线，像在倾听某种声音，那是内陆地带所缺少的，尽管那里有牧场和农庄的欢快音乐。

"你和我们不属一类，"河鼠说，"你不是农家老鼠，而且依我看，也不是本国老鼠。"

"不错，"外来的老鼠说，"我呀，我是一只航海老鼠，我最初启航的港口是君士坦丁堡，虽说我在那儿也可说是一只外国鼠。朋友，你听说过君士坦丁堡吗？一座美丽的城市，一座古老而光荣的城市。你大概也听说过挪威国王西格尔德吧？他曾率领六十艘船驶往那里。他和他的随从骑马进城时，满街都悬挂紫色和金色的天篷，向他致敬。君士坦丁堡的皇帝和皇后驾临他的船，和他一道宴饮。西格尔德回国时，他手下的北欧人有许多留下没走，参加了皇帝的御林军，我的一位生长在挪威的祖先，也随着西格尔德赠送给皇帝的一艘船留下了。打那以后，我们这个家族一直是海员。对我来说，我出生的城市固然是我的家，它和伦敦之间的任何一个可爱的港口也都是我的家。我对它们了如指掌，它们也都熟识我。随便我来到它们的任何一个码头或者海滩，我就等于到了家。"

"我想，你一定常去远洋航行吧？"河鼠来了兴趣，"长年累月看不到陆地，食物短缺，饮水也要配给，但你的心总和大洋相通，总在思念着这一切吧？"

"根本不是这样，"航海鼠坦白地说，"你说的那种生活对我也不适合。我只是做海岸营生，很少离开陆地。吸引我的是岸上的快乐时光，和航海一样。南方的那些海港啊！它们的气味，夜晚的那些停泊灯，多么令人神往啊！"

"是啊，也许你选中的是一种更好的生活方式，"河鼠略带疑惑地说，"如果你愿意，那就请给我讲讲你的海岸生活好吗？讲讲一只生气勃勃的动物能从那里带回些什么，使他以后可以在炉边回忆许多光辉的往事，来告慰晚年。至于我的生活嘛，实话对你说，今天我觉得它怪狭隘、怪局限的。"

"我上次出海，"海上老鼠说开了，"是希望办一处内陆农庄，于是我就登上了这片国土。这次航海，可以看作是我历次航海的一个例证，确实也是我丰富多彩的生活的一个缩影。开头，照例是由家庭纠纷引起的。家务风暴的警钟敲响了，我就乘上一艘小商船，由君士坦丁堡启航，驶入古代世界的海洋，朝着希腊群岛和东地中海行进。海上的每一个浪头都荡漾着令人难忘的回忆。那些日子，白天阳光灿烂，夜间和风习习。船不停地进港出港，到处都遇到老朋友。在炎热的白天，我们睡在阴凉的庙宇或废水池里，太阳落山后，就在嵌满星星的天鹅绒般的天幕下，纵情宴饮，放声高歌！从那里，我们又

转向亚德里亚海沿岸，那里的海岸弥漫着琥珀色、玫瑰色、蓝晶色的空气。我们停泊在陆地环抱的宽阔的港湾里，我们在古老而豪华的城市里游逛。末了，有一天早晨，我们顺着一条金灿灿的航道驶进了威尼斯。威尼斯真是一座美丽的城市啊！在那里，老鼠可以自由自在地溜达闲逛，尽情玩乐！要是游倦了，晚上可以坐在大运河边，和朋友们一道吃喝。那时，空中乐声悠扬，头上一天繁星，河里满是摇摆的游艇，船头熠熠发亮，一只只游艇紧紧挨着，你都能踩着它们从一岸走到另一岸！说到吃的——你喜欢吃贝吗？得，得，那个，咱们现在还是少谈为妙。"他沉默了一阵，河鼠也默不作声。他听得入了迷，仿佛乘上一只梦中游艇漂呀漂，听到一首高亢的魔歌，在雾气蒙蒙、波浪拍击的河墙之间回响。

"然后我们又向南驶去，"海上老鼠接着说，"沿着意大利的海岸航行，来到巴勒摩。在那儿，我离船上岸，逗留了很长一段快乐时光。我从不死守住一条船，那会使人变得头脑闭塞，思想偏颇。再说，西西里岛是我爱去的一个地方。那里的人我都认识，他们的风尚很合我的口味。我在岛上和朋友们一道，在乡间愉快地过了好几个星期。等到我待腻了，我就搭上一艘驶向萨丁尼亚和科西嘉的商船。我又一次感到新鲜的海风和浪沫扑打在脸上，好不惬意。"

"可在那个——你们管它叫货舱的地方，是不是闷热得很？"河鼠问。

航海鼠拿眼瞄着他，眼睛像是眨巴了一下。"我是个行家里手，"他率直地说，"船长室对我来说够好的了。"

"人家都说，航海生活是很艰苦的。"河鼠喃喃地说，他陷入了沉思。

"对于水手来说是艰苦的。"航海鼠严肃地说，若有若无地又眨了一下眼睛。"在科西嘉，我搭上一艘运葡萄酒去大陆的船，"航海鼠接着说，"傍晚时我们到达阿拉西奥，船驶进港口。我们把酒桶抬起，扔下船去，用一根长绳把酒桶一个个连接起来，然后水手乘上小艇，一边朝岸边划去，一边唱歌，小艇后面拖着一长串上下漂浮的酒桶，像一里路长的一串海豚。河滩上，有马匹等着，马拉着酒桶，叮叮咚咚冲上小镇陡峭的街道。运完最后一桶酒，我们就打个尖，歇一会儿；晚上和朋友们一道喝酒，直到深夜。第二天早上，我就到大橄榄林里去待上一段时间，好好休息。这时我已经暂时不去海岛，不过还常同海港和航行打交道。所以我在农人当中过着懒散的生活，躺着看他们干活，或者伸长四肢躺在高高的山坡上，远在脚下就是蔚蓝的地中海。于是，我就这样轻轻松松，一程又一程，或步行，或乘船，最终来到了马赛。会见了同船的老伙伴，访问了远洋巨轮，又一次吃喝饮宴。这不是又谈到鲜贝了！是啊，有时我做梦梦见马赛的鲜贝，竟哭醒了！"

"这话倒提醒了我，"知礼的河鼠说，"你偶尔提到你饿了，我该早点儿说才是。你当然不反对留下来和我共进午餐喽？我的洞就在附近；现在中午已过了，欢迎你来我家用点儿便饭啦。"

"噢，你心肠真好，真够朋友，"航海鼠说，"我坐下时，确实是饿了，后来一提到鲜贝，就饿得胃痛。不过，你能不能把午餐拿到这儿来？除非万不得已，我是不太喜欢进茅屋的。再说，咱们一边吃，我一边还可以接着给你讲，讲我的航海经历和愉快的生活。我很高兴讲这些事，而从你关注的神情来看，你也很爱听。如果进屋去，十有八九我会马上睡着的。"

"这是个好主意。"河鼠说，急忙跑回家去。他拿出午餐篮子，装好一顿简单的午饭。考虑到来客的出身和嗜好，他特意拿了一个一码长的法国面包，一根蒜香四溢的香肠，几块诱人的干酪，还有一只用稻草裹着的长颈瓶，瓶里装着遥远南方山坡上酿制窖藏的葡萄美酒。装满一篮后，他飞速跑回河边。他俩揭开篮子盖，把食物一样样取出摆在路边的草地上。听到老海员一个劲儿夸他的口味和判断力，河鼠高兴得满脸泛红。

航海鼠稍稍填饱了肚子，就接着讲他最近一次航海的经历，带领着这位单纯的听者遍游西班牙所有的港口，登陆里斯本、波尔图和波尔多，来到英国的康沃尔郡和德文郡那些可爱的港口，然后溯海峡上行，到达最后的港湾地带。他顶着暴风雨和恶劣的天气，逆风航行了很长时间，终于登上了陆地，迎来了又一个春天的迷人气息。这一切激励着他匆匆奔向内陆腹地，一心想体验某种宁静的农庄生活，远远避开海上的颠簸劳顿。

河鼠听得出神，激动得浑身颤抖，一里一里地随着这位冒

险家穿过风雨如晦的海湾，船只拥挤的停泊处，乘着汹涌的潮水，越过港口的沙洲，驶上千回百转的河流，河的急转弯处隐藏着繁忙的小城镇。最后航海鼠在他那座沉闷的内陆农庄长住下来时，河鼠便遗憾地叹了口气，再也不想听有关这座农庄的故事了。

　　吃完饭，航海鼠恢复了体力，精神抖擞，说话声更加震颤，双目炯炯，仿佛从遥远海域的灯塔借得了熠熠火光。他往杯里斟满了殷红透亮的南国美酒，把身子歪向河鼠，目光逼人，用他的故事抓住了河鼠的整个身心。那对眼睛是变幻莫测的灰绿色，如同汹涌起伏的北方海洋，而杯中的酒，闪耀着热烈的红宝石光芒，恰似南方的心脏，为有勇气与它脉搏合拍的人而跳动。这两重光芒——游戈不定的灰光和固定不变的红光——主宰了河鼠，把他牢牢缚住，使他心迷神驰，无力抗拒。这两重光以外的清静世界远远退去，不复存在了。只有航

143

海鼠的话音，那滔滔不绝的奇妙的话音——它究竟是说话，还是时而变成了歌唱，变成水手们起锚时高唱的号子，帆索在呼啸的东北风里的嗡嗡低吟，日落时橙黄色的天空下渔人拉网的歌谣，游艇或帆船上弹奏吉他或曼陀林的琴音？这话音似又变成了风声，开始是呜咽悲鸣，随后逐渐转强，变成咆哮怒吼，又越升越高，成了撕肝裂肺的尖叫，然后又渐渐降低，成了满帆边缘在空气里振动的悦耳的颤音。这位着了魔的聆听者，仿佛听到了所有这些声音，还夹杂着海鸥和海燕饥饿的悲鸣，浪涛拍岸时轻柔的轰响，沙滩表示抗议的呼喊。河鼠揣着一颗怦怦狂跳的心，随着这位冒险家游历了十几个海港，经历了战斗、脱险、聚会、交友、见义勇为的壮举。他时而在海岛探宝，时而在平静的潟湖钓鱼，时而又整天躺在温暖的白沙上打盹儿。河鼠听他讲深海捕鱼，用一里长的大网捞起银光闪闪的鱼群；听他讲突如其来的危险，在月黑风高的夜晚，排山巨浪的狂吼，还有大雾天头顶上忽地冒出巨轮高耸的船头；听他讲返回故里的欢乐，船头绕过海岬，驶进灯火通明的海港；码头上人影晃动，人群在欢呼，大缆索啪地甩了过去，水沫四溅；他们吃力地走上陡峭的小街，向那挂红窗幔的温煦快意的灯光走去。

后来，河鼠在白日梦里仿佛看到，探险鼠已经站起身来，但仍在说个不停，那双海灰色的眸子仍旧紧紧盯着他。

"现在，"探险鼠轻轻地说，"我又上路了，朝着西南方向，风尘仆仆地一连走许多天，直到到达我熟悉的那个坐落在海港峭壁上的灰黄色滨海小镇。在那儿，从昏暗的门道向下望去，可以看到一行石阶，上面覆盖着长长的粉红色缬草，石阶的尽头，便是蓝莹莹的海水。古老的海堤上的铁环或桩柱上，系着一些小艇，漆成鲜艳的色调，跟我小时候常爬进爬出的那些小艇一个样。涨潮时，鲑鱼随波跳跃，一群群的鲭鱼银光闪闪，欢蹦嬉戏，游过码头和海滩边。巨轮日夜不停地在窗前徐徐滑过，驶向停泊处或大海。所有的航海国家的船只，早晚都要抵达那里，在一定的时辰，我选中的那条船就会抛锚。我不急于上船，而是静候时机，直到我相中的那条船驶进河中央，载满了货，船首朝向海港时，我才乘小艇或攀着缆索悄悄溜上船去。于是早晨一觉醒来，我就会听到水手的歌声和沉重的脚步声，绞盘的嘎吱声，还有收锚索时欢快的哐啷声。我们扯起船首三角帆和前桅帆。船离岸时，港边的白色房屋就从我们身边慢慢滑开，航海就此开始！当船向海岬缓缓驶去时，她全身披满了白帆；一到外海，她便迎着汪洋大海的万顷碧波，乘风破浪，直指南方！"

"你呢，小兄弟，你也要来的；因为光阴一去不复返，南方在等着你。冒一次险吧，注意听从召唤，趁着时机还没有溜走！你只消砰地关上身后的门，迈开可喜的一步，你就走出了旧生活，跨入了新生活！过了很久很久，有一天，杯中的酒饮干了，好戏演完了，如果愿意，你就溜溜达达往家走，在你安静的河边坐下来，揣着满脑子精彩的回忆，款待你的朋友们。你撵上我毫不费力，因为你年轻；而我已经上了年纪，行动迟缓了。我会一步一回头盼着你，总有一天，我准会看到你步履匆匆，心情愉快，面对着偌大的南方走过来的！"

他的话音越来越小，听不见了，就像一只虫子的小喇叭由强变弱，杳无声息了。河鼠愣愣地瘫在那儿，最后只见白色的路面上，远处一个小点儿。

河鼠木木地站起来，动手收拾午餐篮子，仔仔细细，不

慌不忙。他木木地回到家里，归拢一些小件必需品和他珍爱的特殊物品，装进一只背包。他慢条斯理、从容不迫地干着，在屋里来回转悠，像个梦游者，张着嘴倾听着。然后，他把背包甩到肩上，仔细挑选了一根粗棍，准备上路。他半点儿也不着急，可也毫不迟疑，一脚迈出了家门。就在这当儿，鼹鼠出现在门外。

"喂，鼠兄，你要去哪儿？"鼹鼠一把抓住河鼠的胳膊，惊愕地问。

"去南方，跟别的动物一道，"河鼠梦呓般地喃喃道，连看也没看他一眼，"先去海边，再乘船，到那些呼唤我的海岸去！"河鼠坚决地径直往前走，仍旧不慌不忙，但是毫不动摇。鼹鼠慌了神，忙用身子挡住他，同时盯着他的眼睛瞧。鼹鼠发现，河鼠目光呆滞、凝固，出现一种波浪般浮动的灰色条纹——不是他朋友的眼睛，而是别的什么动物的眼睛！鼹鼠用力把他抓牢，拖回屋里，推倒在地上，按住不放。

河鼠拼命挣扎了一阵，然后，像是突然间泄了气，躺着一动不动，虚乏无力，闭着眼睛，直打哆嗦。鼹鼠随即扶他起来，坐在椅子上。他全身瘫软，蜷缩成一团，身子剧烈地抽搐，过后爆发出一阵歇斯底里的干嚎。鼹鼠关紧了门，把背包扔进一个抽屉，锁好，然后静静地坐在朋友身边的桌子上，等着这阵奇怪的邪魔过去。渐渐地，河鼠沉入了惊悸不宁的浅睡，间或惊醒过来，嘴里胡乱嘟囔着，在懵懂的鼹鼠听来，全是些荒诞不经的异国事情。过后，河鼠就睡熟了。

鼹鼠心绪焦虑不安，暂时离开河鼠，忙了一阵家务。天快黑时，他回到客厅，看到河鼠仍待在原地，完全清醒了，只是没精打采，一声不吭，神情沮丧。他匆匆看了一下河鼠的眼睛，发现那双眼睛又变得像以前一样清澈、乌黑、棕黄，这使他颇为满意。

于是他坐下来，试图使河鼠打起精神，讲讲刚才发生的事情。

可怜的河鼠竭力一桩桩一件件做着解释，可是那些多半属暗示性的东西，他用冷冰冰的语言又怎么说得清呢？他怎能对另一个人复述那曾经向他歌唱的迷人的海声？又怎能再现航海鼠的千百种往事的魔力？现在魔法已破，魅力消失了，几小时前那似乎是不可避免的天经地义的事情，连他自己也很难解释了。

所以，他没能使鼹鼠明白他那天的经历，就不奇怪了。

对鼹鼠来说，有一点是显而易见的，就是那阵狂热病，尽管使河鼠受到打击，情绪低落，但终究已经过去，他又清醒过来了。

一时间，河鼠似乎对日常生活中那些琐事没了兴趣，对季节变换必然带来的变化和活动，也无心去做安排了。

后来，鼹鼠像是漫不经心地把话题转到正在收获的庄稼，堆得高高的车子，奋力拉车的马匹，越堆越高的草垛，还有那冉冉升起的一轮皓月，照着光地上遍布的一捆捆庄稼。他讲到处处苹果在变红，硬果在变黄，讲到制作果酱、蜜渍水果、蒸馏酒类；就这么一样一样，轻轻松松就谈到了隆冬，冬天的热闹欢乐，温暖舒适的屋内生活。这时，他简直变得诗意盎然了。

渐渐地，河鼠坐了起来，和他交谈了。河鼠呆滞的眼睛又亮了，怏怏的神情消退了。随后，乖觉的鼹鼠悄悄溜开，拿来一支铅笔和几页纸，放在朋友肘旁的桌子上。

"你好久没作诗了，"他说，"今晚你可以写点儿诗试试，而不必——呃，老是冥思苦想了。我估摸着，你要是写下几行——哪怕只是几个韵脚——你就会觉着好过多了。"河鼠倦怠地把纸笔推开，于是细心的鼹鼠找个由头离开了客厅。过了一会儿，他从门边往里窥看时，只见河鼠已经聚精会神，两耳不闻窗外事，时而在纸上写字，时而嗫着铅笔头。尽管嗫铅笔头的时间比写字的时间多得多，可鼹鼠还是快慰地看到，他的疗法到底开始奏效了。

10

蟾蜍历险续记

　　树洞的大门朝东，因此蟾蜍一早就醒了，部分是由于明亮的阳光射进来，照在他身上，部分是由于他的脚指尖冻得生疼，使他梦见自己睡在他那间带都铎式窗子的漂亮房间的床上。他梦见那是一个寒冷的冬夜，他的被子全都爬了起来，一个劲儿抱怨说受不了这寒冷，全都跑下楼到厨房烤火去了。他也光着脚跟在后面，跑过好几里长冰凉的石铺道路，一路跟被子争论，请它们讲点儿道理。若不是因为他在石板地上的干草堆里睡过好几星期，几乎忘记了厚厚的毛毯一直捂到脖子的温馨感觉，他兴许还会醒得更早。

　　他坐起来，揉了揉眼睛，又揉了揉那双冻得直叫苦的脚尖，闹不清自己究竟在哪里。他四下里张望，寻找他熟悉的石头墙和装了铁条的小窗；然后，他的心蓦地一跳，什么都想起来了——他越狱逃亡，被人追撵，而最大的好事是，他自由了！

　　自由！单是这个字眼儿和这个念头，就值五十条毛毯。外面那个欢乐的世界，正热切地等待他的胜利归来，准备为他效劳，向他讨好，急着给他帮助，给他做伴，就像他遭到不幸前的那些老时光一样。想到这儿，他感到通身热乎乎的。他抖了抖身子，用爪子梳理掉身上的枯树叶。梳洗完毕，他大步走进舒适的早晨的阳光，虽然冷，但充满信心；虽然饿，但充满希望。昨天的紧张恐惧，全都被一夜的休息睡眠和诚恳热情的阳光一扫而光。

在这个夏天的早晨，周围整个世界都属于他一人。他穿过带露的树林时，林中静悄悄。走出树林，绿色的田野也都属他一人，随他想干什么。来到路上，到处是冷冷清清，那条路像一只迷途的狗，正急着要寻个伴儿。蟾蜍呢，他却在寻找一个会说话的东西，能指点他该往哪儿去。是啊，要是一个人轻松自在，心里没鬼，兜里有钱，又没人四处搜捕你，要抓你回监狱，那么你信步走来，随便走哪条路，上哪里去，都一个样。可讲实际的，蟾蜍却忧心忡忡，每分钟对他来说都事关重要，而那条路却硬是不开口，你拿它毫无办法，恨不得踹它几脚才解气。

这条沉默不语的乡间道路，不一会儿就有了一个怯生生的小兄弟，一条小渠。它和道路手拉手，肩并肩慢慢往前走，它对道路绝对信赖，可对陌生人都同样闭紧了嘴，一声不吭。"真讨厌！"蟾蜍自言自语说，"不过有一点是清楚的，它俩一定是从什么地方来，到什么地方去的。这一点，蟾蜍，小伙子，你总没法否认吧。"于是他耐着性子沿着小渠大步朝前走去。

绕过一个河湾，只见走过来一匹孤零零的马，那马向前佝偻着身子，像在焦虑地思考什么。一根长绳连着他的轭具，拽得紧紧的，马往前走时，绳子不住地滴水，较远的一端更是掉着珍珠般的水滴。蟾蜍让过马，站着等候，看命运会给他送来什么。

一只平底船滑了过来，和他并排行进。船尾在平静的水面搅起一个可爱的漩涡。船舷漆成鲜艳的颜色，和纤绳齐高。船上唯一的乘客，是一位胖大的女人，头戴一顶麻布遮阳帽，粗

壮有力的胳膊倚在舵柄上。

"早晨天气真好呀,太太!"她把船驾到蟾蜍身旁时,跟他打招呼。

"是的,太太。"蟾蜍沿着纤路和她并肩往前走,彬彬有礼地回答,"我想,对那些不像我这样遇到麻烦的人,确实是一个美好的早晨。你瞧,我那个出了嫁的女儿给我寄来一封十万火急的信,要我马上去她那儿,所以我就赶紧出来了。也不知道她那里出了什么事,或者要出什么事,就怕事情不妙,太太。你也是要做母亲的,一定懂得我的心情。我丢下自家的活计——我是干洗衣这行的——丢下几个小不点儿的孩子,让他们自己照料自己,这帮小鬼头,世上再没有比他们更淘气捣乱的了。而且,我丢了所有的钱,又迷了路。我那个出了嫁的女儿会出什么事,太太,我连想也不愿想!"

"你那个出了嫁的女儿家住哪儿,太太?"船娘问。

"住在大河附近,"蟾蜍说,"挨着那座叫蟾宫的漂亮房子,就在这一带什么地方。你大概听说过吧?"

"蟾宫?噢,我正往那个方向去。"船娘说,"这条水渠再有几里路就通向大河,离蟾宫不远了。上船吧,我捎带你一程。"

　　她把船驾到岸边，蟾蜍千恩万谢，轻快地跨进船，心满意足地坐下。"蟾蜍又交上好运啦！"他心想，"我总能化险为夷，马到成功！"

　　"这么说，太太，你是干洗衣行业的？"船在水面滑行着，船娘很有礼貌地说，"我说，你有个很好的职业，我这样说不太冒失吧？"

　　"全国最好的职业！"蟾蜍飘飘然地说，"所有的上等人都来我这儿洗衣——不肯去别家，哪怕倒贴他钱也不去，就认我一家。你瞧，我特精通业务，所有的活儿我都亲自参加。洗、熨、浆，修整绅士们赴晚宴穿的讲究衬衫——一切都是由我亲自监督完成的！"

　　"不过，太太，你当然不必亲自动手去干所有这些活计喽？"船娘恭恭敬敬地问。

　　"噢，我手下有许多姑娘，"蟾蜍随便地说，"经常干活儿的有二十来个。可是太太，你知道姑娘们都是些什么玩意儿！邋遢的小贱货，我就管她们叫这个！"

　　"我也一样，"船娘打心眼儿里赞同说，"一帮懒虫！不过我想，你一定把你的姑娘们调教得规规矩矩的，是吧。你非常喜欢洗衣吗？"

　　"我爱洗衣，"蟾蜍说，"简直爱得着了迷。两手一泡在洗衣盆里，我就快活得了不得。我洗起衣裳来太轻松了，一点儿不费劲！我跟你说，太太，那真是一种享受！"

　　"遇上你，真幸运啊！"船娘若有所思地说，"咱俩确实都交上好运啦！"

　　"嗯？这话怎么讲？"蟾蜍紧张地问。

　　"嗯，是这样，你瞧，"船娘说，"我跟你一样，也喜欢洗衣。其实，不管喜欢不喜欢，自家的衣裳，自然我都得自己洗，尽管我来来去去转悠。我丈夫呢，是那样一种人，老是偷懒，他把船交给我来管，所以，我哪有时间料理自家的事。按理，这会儿他该来这儿，要么掌舵，要么牵马——幸亏那马还算听话，懂得自个儿管自个儿。可我丈夫他没来，他带上狗打猎去啦，看能不能打上只兔子做午饭。说他在下道水闸那边跟我碰头。也许吧——可我信不过他。他只要带上狗出去，就说不好了——那狗比他还要坏……可这么一来，我又怎么洗我的衣裳呢？"

"噢，别管洗衣的事啦，"蟾蜍说，这个话题他不喜欢，"你只管一心想着那只兔子就行啦。我敢说，准是只肥肥美美的兔子。有葱头吗？"

"除了洗衣，我什么也不能想，"船娘说，"真不明白，眼前就有一件美差在等着你，你怎么还有闲情谈兔子？船舱的一角，有我一大堆脏衣裳。你只消挑出几件急需先洗的东西——那是什么，我不好跟你这样一位太太直说，可你一眼就瞅得出来——把它们浸在盆里。你说过，那对你是一种愉快，对我是一种实际帮助。洗衣盆是现成的，还有肥皂，炉子上有水壶，还有一只桶，可以从渠里打水。那样，你就会过得很快活，免得像现在这样呆坐着，闲得无聊，只好看风景，打哈欠。"

"这样吧，你让我来掌舵！"蟾蜍说，他着实慌了，"那样你就可以依你自己的办法洗你的衣裳。让我来洗，说不定会把你的衣裳洗坏的，或者不对你的路子。我习惯洗男服，那是我的专长。"

"让你掌舵？"船娘大笑着说，"给一条拖船掌舵，得有经验。再说，这活儿很没趣味，我想让你高兴。不不，还是你干你喜欢的洗衣活儿，我干我熟悉的掌舵好。我要好好款待你一番，别辜负我的好意！"

蟾蜍这下给逼进了死胡同。他东张西望，想夺路逃走，但是离岸太远，飞跃过去是不可能的，只好闷闷不乐地屈从命运的安排。"既然被逼到了这一步，"他无可奈何地想，"我相信，洗衣这种活儿哪个笨蛋也能干！"

他把洗衣盆、肥皂和其他需用什物搬出船舱，胡乱挑了几件脏衣物，努力回忆他偶尔从洗衣房窗口瞥见的情形，动手洗了起来。

好长好长的半个钟头过去了，每过一分钟，蟾蜍就变得更加恼火。不管他怎样努力，总讨不到那些衣物的欢心，和它们搞不好关系。他把它们又哄、又拧、又扇耳光，可它们只是从

盆里冲他嬉皮笑脸，心安理得地守住它们的原罪，毫无悔改之意。有一两次，他紧张地回头望了望那船娘，可她似乎只顾凝望前方，一门心思在掌舵。他的腰背酸痛得厉害，两只爪子给泡得皱巴巴的，而这双爪子是他一向特别珍爱的。他低声嘟囔了几句洗衣妇不该说蟾蜍也不该说的话，第五十次掉了肥皂。

一阵笑声，惊得他直起了身子，回过头来看。那船娘正仰头放声大笑，笑得眼泪都从腮帮子上滚下来了。

"我一直在注意观察你，"她喘着气说，"从你那个吹牛劲儿，我早就看出你是个骗子。好家伙，还说是个洗衣妇哩！我敢打赌，你这辈子连块擦碗布也没洗过！"

蟾蜍的脾气本来就呕呕冒气了，这一下竟开了锅，完全失控了。

"你这个粗俗、下贱、肥胖的船婆子！"他吼道，"你怎么敢这样对你老爷说话！什么洗衣妇！我要叫你认得我是谁。我是大名鼎鼎、受人敬重、高贵显赫的蟾蜍！眼下我或许有点儿掉份儿，可我绝不允许一个船娘嘲笑我！"

那女人凑到他跟前，朝他帽子底下仔细地敏锐地端详。"哎呀呀，果然是只蟾蜍！"她喊道，"太不像话！一只丑恶的、脏兮兮的、叫人恶心的癞蛤蟆！居然上了我这条干净漂亮的船！我绝不允许！"

她放下舵柄。一只粗大的满是斑点的胳膊闪电般地伸过来，抓住蟾蜍的一条前腿，另一只胳膊牢牢地抓住他的一条后腿，就势一抡。霎时间，蟾蜍只觉天旋地转，拖船仿佛轻轻地掠过天空，耳边风声呼啸，他感到自己腾空飞起，边飞边迅速地翻跟头。

最后，只听得扑通一声，他终于落到了水里。水相当凉，

还算合他的胃口，不过凉得还不够，浇不灭他的那股傲气，熄不了他的满腔怒火。他胡乱打水，浮到了水面。他抹掉眼睛上的浮萍，头一眼看到的就是那肥胖的船娘，她正从渐渐远去的拖船船艄探出身来，回头望他，哈哈大笑。他又咳又呛，发誓要好好报复她。

他划着水向岸边游去，可是身上的那件棉布衫碍手碍脚。等到他终于够到陆地时，又发现没人帮忙，爬上那陡峭的岸是那么费力。他歇了一两分钟，才喘过气来；跟着，他搂起湿裙子，捧在手上，提起脚来拼命追赶那条拖船。他气得发疯，一心巴望着进行报复。

当他跑到和船并排时，那船娘还在笑。她喊道："把你自己放进轧衣机里轧一轧，洗衣婆，拿烙铁熨熨你的脸，熨出些褶子，你就将像只体面的癞蛤蟆啦！"

蟾蜍不屑于停下来和她斗嘴。他要的是货真价实的报复，而不是不值钱的空洞洞的口头胜利，虽说他想好了几句回敬她的话。他打算干什么，心里有数。他飞快地跑，追上了那匹拖船的马，解开纤绳，扔在一边，轻轻纵身跃上马背，猛踢马肚子，催马奔跑。他策马离开纤路，直奔开阔的旷野，然后把马驱进一条布满车辙的树夹道。有一次他回头望去，只见那拖船在河中打了横，漂到了对岸，船娘正发狂似的挥臂跳脚，一迭声喊："站住，站住，站住！""这调调儿我以前听到过。"蟾蜍大笑着说，继续驱马朝前狂奔。

拖船的马缺乏耐力，不能长时间奔跑，很快就由奔驰降为小跑，小跑又降为缓行。不过蟾蜍还是挺满意的，因为他知道，好歹他是在前进，而拖船却静止不动。现在他心平气和了，因为他觉得自己做了件实在聪明的事。他心满意足地在阳光下慢慢行走，专拣那些偏僻的小径和马道，想法忘掉他已经很久没吃一顿饱饭了，直到他把水渠远远甩在后面。

他和马已经走了好几里路，炙热的太阳晒得他昏昏欲睡。那匹马忽然停下来，低头啃吃青草。蟾蜍惊醒过来，险些掉下马背。他举目四顾，只见自己是在一片宽阔的公地上，一眼望去，地上星星点点缀满了金雀花和黑莓子。离他不远的地方，停着一辆破烂的吉卜赛大篷车，一个男人坐在车旁一只倒扣着的桶上，一个劲儿抽烟，眺望着广阔的天地。附近燃着一堆树枝生起的火，火上吊着一只铁罐，里面发出咕嘟嘟的冒泡声，一股淡淡的蒸汽，令人不禁想入非非。还有气味——暖暖的、浓浓的、杂七杂八的气味——互相掺和交织，整个融成一股无比诱人的香味，就像大自然女神—— 一位给孩子们安慰和鼓舞的母亲——的灵魂显了形，召唤着她的儿女们。蟾蜍现在才

157

明白，他原先并不知道什么叫真正的饿。上半天感到的饥饿，只不过是一阵微不足道的眩晕罢了。现在，真正的饥饿终于来了，没错；而且得赶紧认真对待才行，要不然，就会给什么人或什么东西带来麻烦。他仔细打量那个吉卜赛人，心里举棋不定，不知道是跟他死打硬拼好，还是甜言蜜语哄骗好。所以他就坐在马背上，用鼻子嗅了又嗅，盯着吉卜赛人。吉卜赛人也坐着，抽烟，拿眼盯着他。

　　过了一会儿，吉卜赛人从嘴里拿掉烟斗，漫不经心地说："你那匹马是要卖吗？"
　　蟾蜍着实吃了一惊。他没想到过，吉卜赛人喜欢买马，从不放过一次机会。他也没想到过，大篷车总在四处走动，需要马拉。他没考虑过把那匹马换成现钱。吉卜赛人的提议，似乎为他取得急需的两样东西铺平了道路——现钱和一顿丰盛的早餐。

"什么？"他说，"卖掉这匹漂亮的小马驹？不，不，绝对不行。卖了马，谁替我驮给雇主洗的衣裳？再说，我特喜欢这马，他跟我也特亲。"

"那就去爱一头驴吧，"吉卜赛人提议说，"有些人就喜欢驴。"

"你难道看不出，"蟾蜍又说，"我这匹优良的马给你是太好了吗？他是匹纯种马，一部分是，当然不是你看到的那一部分。他当年还得奖来着——那是在你看到他以前的事，不过要是你多少识马的话，你一眼就能看出的。不，不，卖马，这绝对办不到。可话又说回来，要是你真的想买我这匹漂亮的小马，你到底打算出什么价？"

吉卜赛人把马上上下下打量了一番，又同样仔细地把蟾蜍上上下下打量了一番，然后回头望着那马。"一先令一条腿。"他干脆地说，说完就转过身去，继续抽烟，一心一意眺望着广阔的天地，像要把它看得脸红起来似的。

"一先令一条腿？"蟾蜍喊道，"等一等，让我合计合计，看看总共是多少。"

他爬下马背，由马去吃草，自己坐在吉卜赛人身旁，扳着手指算起来。末了他说："一先令一条腿，怎么，总共才四先令，一个子儿也不多？那不行，我这匹漂亮的小马才卖四先令，我不干。"

"那好，"吉卜赛人说，"这么着吧，我给你加到五先令，这可比这牲口的价值高出三先令六便士。这是我最后的出价。"

蟾蜍坐着，反反复复想了好一阵。他肚子饿了，身无分文，离家又远——谁知道有多远，一个人在这样的处境下，五先令也显得是很可观的一笔钱了。可另一方面，五先令卖一匹马，似乎太亏了点儿。不过，话又说回来，这匹马并没有花他一个子儿，所以不管得到多少，都是净赚。最后，他斩钉截铁地说："这样吧，吉卜赛人！告诉你我的想法，也是我最后的要价。你给我六先令六便士，要现钱；另外，你还得供我一顿早饭，就是你那只香喷喷的铁罐里的东西，要管饱，当然只管一顿。我呢，就把我这匹欢蹦乱跳的小马交给你，外加马身上所有漂亮的马具，免费赠送。你要是觉得吃亏，就直说，我走我的路。我知道附近有个人，他想要我这匹马，都想了好几年啦。"

吉卜赛人大发牢骚，抱怨说，这样的买卖要是再做几宗，他就要倾家荡产啦。不过最终他还是从裤兜深处掏出一只脏兮兮的小帆布包，数出六枚先令六枚便士，放在蟾蜍掌心里。然后他钻进大篷车，拿出一只大铁盘，一副刀、叉、勺子。他歪倒铁锅，于是一大股热腾腾、油汪汪的杂烩汤就流进了铁盘。那果真是世上最最美味的杂烩汤，是用松鸡、野鸡、家鸡、野兔、家兔、雌孔雀、珍珠鸡，还有一两样别的东西烩在一起熬成的。蟾蜍接过盘子，放在膝上，差点儿没哭出来，他一个劲儿往肚里填呀，填呀，填呀，吃完又要，吃完又要，而吉卜赛人也不吝啬。蟾蜍觉得，他这辈子从没吃过这么美味的一顿早餐。

蟾蜍饱餐了一顿，肚子能装下多少就装多少，然后就起身向吉卜赛人道了再见，又依依不舍地告别了马。吉卜赛人很熟悉河边地形，给他指点该走哪条路。他又一次踏上行程，情绪好到无以复加。和一小时前相比，他成了全然不同的另一只蟾蜍。阳光明亮，身上的湿衣差不多干透了，现在兜里又有了钱，离家和朋友越来越近，也越来越安全，尤其是，吃过一顿丰盛的饭食，热热的，营养充足，他感到浑身有劲，无忧无虑，信心百倍。

他兴冲冲地大步朝前走，想着自己多次遇险，又都安然脱身，每逢绝境，总能化险为夷，转危为安。想到这儿，他不由得骄傲自满，狂妄自大起来。"啊，啊！"他把下巴翘得老高，说道，"我蟾蜍多聪明呀！全世界没有一只动物比得上我！敌人把我关进大牢，布下重重岗哨，派狱卒日夜看守，可我居然在他们眼皮底下扬长而过，闯了出来，纯粹是靠我的才智加勇气。他们开动机车，出动警察，举着手枪追捕我。我呢，冲他们打了个响指，哈哈大笑，一转眼就跑得没了影。我不幸被一个又胖又坏的女人扔进河里。那又算什么？我游上了岸，夺了她的马，大摇大摆地骑走了。我用马换来满满一口袋银钱，还美美地吃了一顿早饭！呵！呵！我是蟾蜍，英俊的、有名的、无往不利的蟾蜍！"他把自己吹得那么响，不由得唱起歌来，一路走，一路扯着嗓门儿给自己大唱赞歌，虽说除了他自己，没有人听见。这恐怕是一只动物所创作的最最狂妄自大的歌了。

世上有过许多伟大英雄，

　历史书上载过他们的丰功伟绩；

但没有一个公认的赫赫有名，

　能和蟾蜍相比！

牛津大学聪明人成堆，

　肚里的学问包罗万象，

但没有一个懂得的事情，

　赶得上聪明的蟾蜍一半！

方舟里动物痛哭流涕，

　　眼泪如潮水般涌出。

是谁高呼"陆地就在眼前"？

　　是鼓舞众生的蟾蜍！

军队在大路上迈步前进，

　　他们齐声欢呼致敬。

是为国王，还是基陈纳将军？

　　不，是向着蟾蜍先生！

王后和她的侍从女官，

　　窗前坐着把衣来缝。

王后喊道："那位英俊男子是谁？"

　　女官们回答："是蟾蜍先生。"

　　诸如此类的歌还多得很，但都狂妄得吓人，不便写在纸上。以上只是其中较为温和的几首。

　　他边唱边走，边走边唱，越来越得意忘形。不过没过多久，他的傲气就一落千丈了。

　　他在乡间小道上走了几里之后，就上了公路。他顺着那条白色路面极目远眺时，忽见迎面过来一个小黑点，随后变成了一个大黑点，又变成了一个小块块，最后变成了一个他十分熟悉的东西。接着，两声警告的鸣笛，愉快地钻进他的耳朵，这声音太熟悉了！

　　"这就对了！"兴奋的蟾蜍喊道，"这才是真正的生活，这才是我失去好久的伟大世界！我要叫住他们，我的轮上的哥们儿，我要给他们编一段故事，就像曾经使我一帆风顺的那种故事，他们自然会捎带我一程，然后我再给他们讲更多的故事。走运的话，说不定最后我还能乘上汽车长驱直入回到蟾宫！叫獾看看，那才叫绝了！"

他信心十足地站到马路当中，招呼汽车停下来。汽车从容地驶过来，在小路附近放慢了速度。就在这时，蟾蜍的脸一下子变得煞白。心沉了下去，双膝打战发软，身子弯曲起来，瘫成一团，五脏六腑恶心作痛。不幸的蟾蜍，难怪他会吓成这样，因为驶过来的汽车，正好是那倒霉的一天他从红狮旅店场院里偷出来的那辆——他所有的灾难都是打那天开始的！车上的人，恰恰是他在旅店咖啡厅里看到的那伙人！

他瘫倒在路上，成了惨兮兮的一堆破烂。他绝望地喃喃自语说："全完啦！彻底完蛋啦！又要落到警察手里，戴上镣铐，又要蹲大狱，啃面包，喝白水！咳，我是个十足的大傻瓜！我本该藏起来，等天黑以后，再拣僻静小路偷偷溜回家去！可我偏要大模大样在野地里乱窜，大唱自吹自擂的歌，还要在大白天在公路上瞎拦车！倒霉的蟾蜍啊！不幸的动物啊！"

那辆可怕的汽车慢慢驶近了。最后，他听到它就在身边停了下来。两位绅士走下车，绕着路上这堆皱皱巴巴哆哆嗦嗦的破烂儿转。一个人说："天哪！真够惨的哟！这是一位老太太——看来是个洗衣婆——她晕倒在路上了！说不定她是中了暑，可怜人，说不定她今天还没吃过东西哩。咱们把她抬上车，送到附近的村子里，那儿想必有她的亲友。"

他们把蟾蜍轻轻抬上车，让他靠坐在柔软的椅垫上，又继续上路。

他们说话的语调很和蔼，并且充满同情，蟾蜍知道他们没认出他来，于是渐渐恢复了勇气。他小心翼翼地先睁开一只眼，再睁开另一只眼。

"瞧，"一位绅士说，"她好些啦。新鲜空气对她有好处。你觉得怎么样，太太？"

"太谢谢你们了，先生，"蟾蜍声音微弱地说，"我觉得好多了！"

"那就好，"那绅士说，"现在，要保持安静，主要是别说话。"

"我不说话，"蟾蜍说，"我只是在想，要是我能坐在前座，在司机身边，让新鲜空气直接吹在我脸上，我很快就会好的。"

"这女人头脑真清楚！"那绅士说，"你当然可以坐在前座。"于是他们小心地把蟾蜍扶到前座，坐在司机旁边，又继续开车上路。

这时，蟾蜍差不多已恢复常态了。他坐直了身子，向四周看看，努力要抑制激动的情绪。他对汽车的渴求和热望，正在他心头汹涌，整个控制了他，弄得他躁动不宁。

"这是命中注定啊！"他对自己说，"何必抗拒？何必挣扎？"于是他朝身边的司机说："先生，求你行个好，让我开一会儿车吧。我一直在仔细看你开车，像是不太难，挺有意思的。我特想让朋友们知道，我开过一次车。"

听到这个请求，司机不禁哈哈大笑，笑得那么开心，引得后面那位绅士忙追问是怎么回事。听了司机的解释，他说道："好啊，太太！我欣赏你这种精神。让你试一试，司机在一旁关照。你不会出岔子的。"这话使蟾蜍大喜过望。他急不可待地爬进司机让出来的座位，双手握住方向盘，佯作谦逊地听从司机的指点，开动了汽车，起初开得很慢很小心，因为他决心

要谨慎行事。

后座的绅士们拍手称赞说："她开得多好啊！想不到一个洗衣妇开车能开得这么棒，从没见过！"

蟾蜍把车开得快了些，又快了些，越开越快。后面的绅士大声警告说："小心，洗衣婆！"这话激恼了他，他开始头脑发热，失去了理智。

司机想动手制止，可蟾蜍用一只胳膊把他按牢在座位上，动不得；车全速行驶起来。气流冲激着他的脸，马达嗡嗡地响，身下的车厢轻轻弹跳，这一切都陶醉了他那愚钝的头脑。他肆无忌惮地喊道："什么洗衣婆！呵呵！我是蟾蜍，抢车能手，越狱要犯，是身经百难总能逃脱的蟾蜍！你们给我好好待着，我要让你们懂得什么才是真正的驾驶。你们现在是落在鼎鼎大名、技艺超群、无所畏惧的蟾蜍手里！"

车上的人全都惊恐万分地大叫，站起来，扑到蟾蜍身上。"抓住他！"他们喊道，"抓住蟾蜍，这个偷车的坏家伙！把他捆起来，戴上手铐，拖到附近的警察局去！打倒万恶的、危

险的蟾蜍！"

唉！他们本该想到，应当审慎行事，先想法把车子停下来，再采取行动就好了。蟾蜍把方向盘猛地转了半圈，汽车一下子冲进了路旁的矮树篱。只见它高高跳起，剧烈地颠簸，四只轮子陷进一个饮马塘，搅得泥水四溅。

蟾蜍觉得自己突然往上一蹿，像只燕子在空中画了一道优美的弧线。他颇喜欢这动作，心里正纳闷，不知会不会继续这样飞下去，直到长出翅膀，变成一只蟾蜍鸟。就在这一刹那，砰的一声，他仰面朝天着了陆，落在丰茂松软的草地上。他坐起来，一眼看到水塘里那辆汽车，快要沉下去了；绅士们和司机被他们身上的长外套拖累着，正无可奈何地在水里扑腾挣扎。

他火速跳起来，撒腿就跑，朝着荒野拼命跑，钻过树篱，跳过沟渠，奔过田地，直跑得上气不接下气，累得只好放慢速度，缓步而行。等到稍稍喘过气来，可以平静地想事了，他就咯咯笑开了，先是轻笑，然后大笑，笑得前仰后合，不得不在树篱旁坐下。"哈哈！"他自我欣赏，得意扬扬地高声喊道，"蟾蜍又成功啦！毫无例外，蟾蜍又大获全胜！是谁，哄着他们让他搭车的？是谁，想出招儿来坐到前座，呼吸新鲜空气的？是谁，怂恿他们让他试试开车的？是谁，把他们一股脑儿抛进水塘的？是谁，腾空飞起，一点儿没伤着，逃之夭夭，把那帮心胸狭窄、小里小气、胆小怕事的游客丢在他们该待的泥水里？当然是蟾蜍。聪明的蟾蜍，伟大的蟾蜍，善良的蟾蜍！"接着，他又放开嗓门儿唱起来——

小汽车，噗噗噗，
　顺着大路往前奔。

166

是谁驱车进水塘？

　　足智多谋的蟾蜍君！

瞧我多聪明！多聪明，多聪明，多聪……

　　这时，从身后远处，传来一阵轻微的喧闹声，他回头一看，哎呀呀，要命啊！倒霉呀！全完啦！

　　大约隔着两块田地，一个扎着皮绑腿的司机和两名乡村警察，正飞快地朝他奔来。

　　可怜的蟾蜍一跃而起，又嗖地蹦开，他的心都跳到嗓子眼儿里了。他气喘吁吁地跑着，气喘吁吁地说："我真是头蠢驴！一头又狂妄又粗心的蠢驴！我又吹牛了！又大喊大叫大唱起来了！又坐着不动大夸海口了！天哪！天哪！天哪！"

他回头瞄了一眼，看到那伙人追上来了。他心慌意乱，拼命狂奔，不住地回头望，只见他们越来越近了。他使出最大的力气跑，可他身体肥胖，腿又短，跑不过他们。现在，他能听到他们就在身后了。他顾不得辨方向，只管发狂似的瞎跑，还不时回过头去看他的那些就要成功的敌人。突然间，他一脚踩空了，四脚在空中乱抓，扑通一声，他没头没脑地掉进了深深的湍急的流水。他被河水的强大力量冲着走，无能为力。他这才知道，原来他在慌乱中瞎跑时，竟一头栽进了大河！

他冒出水面，想抓住岸边垂下的芦苇和灯芯草，可是水流太急，抓到手的草又滑脱了。"老天爷！"可怜的蟾蜍气喘吁吁地说，"我再也不敢偷车了！再也不敢唱吹牛歌了！"说完又沉了下去，过后又冒出水面，喘着粗气胡乱打水。忽地，他发现自己正流向岸边的一个大黑洞，那洞恰好就在他头顶上。当流水冲着他经过洞边时，他伸出一只爪子，够着了岸边，抓牢了，然后他吃力地把身子慢慢拖出水面，两肘支撑在洞沿上。他在那儿待了几分钟，喘着气，因为他实在是累垮了。

正当他叹气，喘息，往黑洞里瞪眼瞧时，只见洞穴深处有两个小光点，闪亮眨巴，朝他移过来。那光点凑到他跟前时，显出了一张脸，一张熟悉的脸！

一张黄褐色的、小小的、长了胡髭的脸。

一张严肃的、圆圆的脸，一对纤巧的小耳朵和丝一般发亮的毛发。

原来是河鼠！

11

蟾蜍泪如雨下

　　河鼠伸出一只整洁的褐色小爪子，紧紧揪着蟾蜍的颈皮，使劲往上拽，浑身滴水的蟾蜍于是慢慢地但稳稳地上了洞沿，安然无恙地站到了门厅里。他身上自然满是污泥和水草，可他又像往日一样快活得意，因为他知道，自己又来到老友家，再也不用东躲西藏了，那套不合身份丢人现眼的伪装，也可以扔掉了。

　　"鼠兄啊！"他喊道，"自打和你分手以后，我过的什么日子，你简直没法想象！那么多的考验，那么多的苦难，我全都英勇地承受住了！接着是绝处逢生，乔装打扮，计谋策略，全是我一手巧妙地设计出来又付诸实施的！因为我被他们关进了监狱，不过我自然逃了出来！又被扔进了水渠，可我游上岸了！又偷了一匹马，卖了一大笔钱！我骗过了所有的人，教他们乖乖地听我的吩咐！你瞧，我是不是一只聪明能干的蟾蜍？没错！你知道我最后一场冒险是什么？别忙，听我给你讲——"

　　"蟾蜍，"河鼠说，态度严肃又坚定，"你马上给我上楼去，脱掉身上这件破布衫，这衣裳像是一个洗衣妇穿过的。好好洗刷干净，换上我的衣服，再下楼来，看能不能像个绅士的样子。我这辈子还没见过一个比你更寒碜、邋遢、丢人现眼的家伙！好啦，别吹牛，别争辩，快去吧！待会儿，我有话对你说！"

蟾蜍起初不愿就此住口，还想回敬他几句。坐牢的时候，他就老是被人支来使去，他受够了，现在又来了，而且支使他的是一只老鼠！不过，他偶然从帽架上的镜子里，瞥见了自己的尊容，一顶褪色的黑色女帽，俏皮地歪扣在一只眼上，他立刻改变了主意，二话没说，乖乖地上了楼，钻进了河鼠的更衣室。他彻头彻尾洗刷了一遍，换了衣服，久久地站在镜子跟前，沾沾自喜地欣赏着自己，心想，那帮家伙竟会错把他当成一个洗衣妇，真是一群白痴！

他下楼时，午饭已经摆在桌上。蟾蜍看见午饭，心里好高兴，因为白吃过吉卜赛人那顿丰盛的早餐之后，他又经历了不少险情，消耗了大量的体力。吃午饭时，蟾蜍向河鼠叙述他的全部历险，着重谈他自己如何聪明机警，在危急关头如何从容镇定，身处困境时如何机敏狡黠。他把这一切说得仿佛是一段轻松愉快、丰富多彩的奇遇。但他越是夸夸其谈，河鼠就越是神情严肃，沉默不语。

蟾蜍讲啊讲啊，终于打住了。接着是片刻的沉默，然后河鼠开腔了："好了，老蟾，我本不想使你难过，不管怎么说，你吃过不少苦头。不过，说老实话，难道你看不出，你把自己变成了一头蠢驴吗？你自己承认，你被捕入狱，挨饿受冻，受到追捕，吓得死去活来，蒙受屈辱，遭到嘲弄，被扔进河里——而且是被一个女人！这有什么好玩的？哪来的乐趣？归根到底，都因为你硬要去偷一辆汽车。你很清楚，打从你头一眼见到汽车，除了不断地惹祸，什么好处你也没捞到。要是你非玩汽车不可——你向来就是这样，只要玩开了头，就上瘾——那又何必去偷呢？要是你觉得残废了有趣，那就落个残废好啦；要是你想尝尝破产的滋味，那就去破一次产好啦。可为什么偏偏要去犯罪？你什么时候才能变得明白些，替你的朋友们想想，为他们争口气？我出门在外，听到别的动物在背后议论，说我的哥们儿是个罪犯，你想我会好受吗？"

蟾蜍的性格，有一点是足以令人宽慰的，那就是，他确实是一只善良的动物，从不计较真正朋友的唠叨数落。即使他执迷于什么，他也能看到问题的另一面。在河鼠严厉地开导他时，他私下里还在嘟囔："可那确实好玩，好玩得要命！"并且压低了嗓门儿，发出一些古怪的噪声，喀——喀——喀，噗——噗——噗，以及类似沉闷的鼾声或者开汽水瓶的声音。不过，当河鼠快要说完时，他却深深叹了口气，非常温和谦逊地说："太对了，鼠兄！你的理由老是那么充足！是啊，我曾经是一头狂妄自大的蠢驴，这点我算明白了。不过现在我要做一只好蟾蜍，再也不干蠢事了。至于汽车嘛，自从我掉进你的河里以后，我对它已经不大感兴趣了。事实是，在我攀住你的洞口喘气时，我忽然有了一个新的想法——一个绝妙的想法，是和汽船有关的——好啦，好啦！别发火，老伙计，别跺脚，留神打翻东西，这不过是个想法罢了，咱们现在不去谈它。还是喝杯咖啡，抽支烟，安安静静聊会儿天，然后我就消消停停踱回我的蟾宫，换上我自己的衣服，让一切都恢复老样子。我冒险也冒够了。我要过一种平平稳稳、安安逸逸、正正经经的生活，经营经营我的产业，做些改进，闲时栽花种草，美化环境。朋友们来，总会有饭菜招待。我要备一辆轻便马车，乘上它去四乡转转，就像过去那些好时光那样，再不心浮气躁，总想胡作非为了。"

"消消停停踱回蟾宫？"河鼠激动地喊道，"瞧你说的！

难道你没听说——"

"听说什么？"蟾蜍说，脸色一下变白了，"说下去，鼠兄！快说呀！别怕我受不了！我没听说什么呀？"

"难道，"河鼠大声喊道，小拳头重重地敲着桌子，"你根本没听说过白鼬和黄鼠狼的事吗？"

"什么？是那些野林里的野兽？"蟾蜍喊道，浑身剧烈地发抖，"不，压根儿没听说过！他们都干了些什么？"

"你不知道，他们强占了蟾宫？"河鼠又说。

蟾蜍把胳膊肘支在桌上，两爪托着腮，大滴的泪，泉水般涌出眼眶，溅落在桌面上，噗！噗！

"说下去，鼠兄，"过了一会儿，他说，"全都告诉我吧。最痛苦的时刻已经过去，我缓过劲来了。我能挺得住。"

"自打你——遇上——那——那桩麻烦事以后，"河鼠缓慢而意味深长地说，"我是说，在你为了那桩汽车纠纷，很久没在社交场合露面以后——"

蟾蜍只是点点头。

"呃，这一带的人自然都议论纷纷，"河鼠接着说，"不光在沿河一带，而且在野林里也一样。动物们照例分成两派。河上的动物都向着你，说你受到不公正的对待，说现如今国内毫无正义可言。可是野林动物却说得很难听，他们说，你是自作自受，罪有应得，现在是制止这类胡作非为的时候了。他们趾高气扬，四下里散布说，这回你可完蛋了，再也回不来了！永远回不来了！"

蟾蜍又点了点头，仍旧一言不发。

"那些小动物一贯是这样的，"河鼠接着说，"可鼹鼠和獾却不辞劳苦，到处宣传说，你早晚会回来的。其实他们并不知道你会怎样回来，但是相信你总会有办法回来的！"

蟾蜍在椅子上坐直了身子，脸上浮现出一丝傻笑。

"他们根据历史事实来论证，"河鼠继续说，"他们说，像你这样一个没脸没皮、伶牙俐齿的动物，外加钱袋的力量，没有一条刑法能给你定罪。所以，他俩把自己的铺盖搬进蟾宫，就睡在那儿，经常打开门窗通通风，一切准备停当，只等你回来。当然，他们没有预计到后来发生的事，不过他们总是不放心那些野林动物。现在，我要讲到最痛苦最悲惨的一段了。在一个漆黑的夜里，刮着狂风，下着瓢泼大雨，一帮子黄鼠狼，全副武装，偷偷从大车道爬到大门口。同时，一群穷凶极恶的雪貂，打菜园子那头偷袭上来，占领了后院和下房，还有一伙吵吵闹闹肆无忌惮的白鼬，占领了暖房和台球室，把守了面对草坪的法式长窗。

"鼹鼠和獾当时正在吸烟室，坐在炉旁谈天说地，对要发生的事没有丝毫预感，因为那夜天气恶劣，动物们一般是不会外出活动的。冷不防，那些残暴的家伙竟破门而入，从四面八方扑向他们。他们奋力抵抗，可那又管什么用？两只手无寸铁的动物，怎么对付得了几百只动物的突然袭击？那些家伙抓住这两个可怜的忠实的动物，用棍子狠打，嘴里还骂着不堪入耳的脏话，把他们赶到风雨交加的冰冷的屋外。"

听到这里，没心肝的蟾蜍居然偷偷地扑哧笑了出来，跟着又敛容正色，做出特别庄重严肃的样子。

"打那以后，那些野林动物就在蟾宫住了下来，"河鼠接着说，"他们为所欲为。白天赖床睡懒觉，一躺就是半天，整天随时随地吃早餐。听说，那地方给糟践得一塌糊涂，简直看不得了！吃你的，喝你的，给你编派难听的笑话，唱粗鄙下流

173

的歌——呃，什么监狱啦，县官啦，警察啦，无聊透顶的骂人的歌，一点儿也不幽默。而且，他们还对所有的人扬言，要在蟾宫永久住下去啦。"

"他们敢！"蟾蜍说，站起来，抓住一根棍子，"我马上就去教训他们！"

"没有用。蟾蜍！"河鼠冲他后背喊道，"你给我回来，坐下，你只会惹祸的。"

可是蟾蜍已经走啦，喊也喊不回来。他快步向大路走去，棍子扛在肩上，愤愤地喷着唾沫，嘴里咕哝着，骂骂咧咧，径直来到蟾宫大门前。突然，从栅栏后面钻出一只腰身长长的黄色雪貂，手握一杆枪。

"来者何人？"雪貂厉声问道。

"废话！"蟾蜍怒气冲冲地说，"你竟敢对我出言不逊？快滚开，要不，我——"

雪貂二话不说，把枪举到肩头。蟾蜍提防着卧倒在地上。砰！一颗子弹从他头上呼啸而过。

蟾蜍吓了一跳，蹦了起来，拔腿就跑，顺着来路拼命奔逃。他听见那雪貂的狂笑，跟着还有另一些可怕的尖笑声。

他垂头丧气地回来，把经过告诉了河鼠。

"我不是跟你说过吗？"河鼠说，"那没有用。他们设了岗哨，而且全都有武器。你必须等待。"

不过，蟾蜍还是不甘心就此罢休。他把船驾了出来，向河的上游划去。蟾宫的花园，就延伸到河边。

他划到能够看见老宅的地方，伏在桨上仔细观察。一切都显得非常宁静，空无一人。他看到蟾宫的整个正面，在夕照下发亮；沿着笔直的屋檐，栖息着三三两两的鸽子；花园里百花怒放；通向船坞的小河汊，横跨河汊的小木桥，全都静悄悄，不见人影，似乎在期待他的归来。他想先进船坞试试。他小心

翼翼地划进小河汊，刚要从桥下钻过去，只听得——轰隆！

一块大石头从桥上落下来，砸穿了船底。船里灌满了水，沉了下去。蟾蜍在深水里挣扎。他抬头看，只见两只白鼬从桥栏杆上探出身来，乐不可支地瞅着他，冲他嚷道："下回该轮到你的脑袋了，癞蛤蟆！"气愤的蟾蜍向岸边游去，两只白鼬哈哈大笑，笑得抱成一团，跟着又放声大笑，笑得几乎晕过去两次——当然是一只白鼬一次。

蟾蜍没精打采地走着回去，又一次把这令人失望的经历告诉河鼠。

"哼，我怎么跟你说的？"河鼠十分气恼地说，"现在，你瞧你！你是个什么东西，干的什么好事！把我心爱的船给弄没了，这就是你干的！把我借给你的漂亮衣服给毁了！说实在的，蟾蜍，你这个动物叫人伤透脑筋了——真不知道，谁还愿意跟你做朋友！"

蟾蜍立刻看到，他的所作所为是大错特错，愚蠢透顶了。他承认自己的过失和糊涂，为了弄丢河鼠的船，弄坏了他的衣服，他向河鼠深深道歉。他坦率的认错态度，往往会软化朋友们的批评，博得他们的谅解。他就用这种口气对河鼠说："鼠兄！我知道，我是个鲁莽任性的家伙！请相信我，从今往后，我要变得谦卑顺从，不经你善意的劝告和充分的赞同，我绝不采取任何行动！"

性情温和的河鼠已经心平气和了，他说："如果真能这样，那我就劝你，现在已经晚了，你坐下来吃晚饭——再过一会儿，晚饭就摆上桌了——耐着性子。因为我认为，咱俩现在无能为力，要等见到鼹鼠和獾以后再说。听听他们讲最近的情况，商量一下，看他们对这件棘手的事有什么高招儿。"

"噢，哦，是呀，那当然。鼹鼠和獾，"蟾蜍轻轻地说，"这两位亲爱的朋友，他们现在怎么样？我把他们全忘啦。"

"亏你还问一声！"河鼠责备他说，"在你开着豪华汽车满世界兜风，骑着骏马得意地奔驰，吃喝享用天下的美食时，那两个可怜的忠实朋友却不管天晴下雨，都露宿在野外，天天吃粗食，夜夜睡硬铺，替你守着房子，巡逻地界，随时随地监视那些白鼬和黄鼠狼，绞尽脑汁筹划怎样替你夺回财产。这样真诚忠实的朋友，你不配。真的，蟾蜍，你不配。总有一天，你会懊悔当初没有珍惜他们的友情，到那时，悔之晚矣！"

"我是个忘恩负义的畜生，我知道，"蟾蜍抽泣着说，流下了伤心的眼泪，"我这就找他们去，在冰冷漆黑的夜里出去找他们，分担他们的疾苦，我要证明——等一等，没错，我听到茶盘上碗碟的叮当声！晚饭到底来了，乌拉！来呀，鼠兄！"

河鼠记得，可怜的蟾蜍有好长时间吃监狱的饭食，所以需要多为他准备些饭菜。于是河鼠跟着蟾蜍坐到餐桌旁，殷勤地劝他多吃，好补上前些时的亏损。

他们刚吃完，坐到扶手椅上，就听见大门上重重的一声敲击。

蟾蜍立时紧张起来，可是河鼠诡秘地冲他点点头，径直走到门口，打开门。进来的是獾先生。

獾的那副模样，看上去足足有几夜没有回家，得不到家中的小小舒适和方便。他鞋上满是泥，衣着不整，毛发蓬乱。不过，即便在最体面的时候，獾也不是个十分讲究仪表的动物。他神态肃穆地走到蟾蜍跟前，伸出爪子和他握手，说道："欢迎回家来，蟾蜍！瞧我都说些什么？还说什么家！这次回家可真够惨的。不幸的蟾蜍！"说罢，他转过身坐到餐桌旁，拉拢椅子，切了一大块冷馅饼，吃起来。

这样一种极其严肃又吉凶未卜的欢迎方式，使蟾蜍感到忐忑不安。可是河鼠悄悄对他说："没关系，别在意，暂且什么也别跟他说。他在缺食的时候，总是情绪低落、没精打采的。过半个钟头，他就会换了一副模样。"

于是他们默不作声地等着，不一会儿，又响起了一下较轻的敲门声。河鼠冲蟾蜍点点头，走去开门，迎进来鼹鼠。鼹鼠也是衣衫破旧，没有洗刷，毛上还沾着些草屑。

"啊哈！这不是小蟾儿吗！"鼹鼠喜不自胜地喊道，"没想到你居然回来了！"他围着蟾蜍跳起舞来，"我们压根儿想不到，你回来得这么快！一定是逃出来的吧，你这聪明、机灵的蟾蜍！"

河鼠忙拽了拽蟾蜍的袖子，可是晚了。他又挺胸鼓肚吹起牛来。

"聪明？哪里哪里！"他说，"我其实并不聪明，我的朋友们都不认为我聪明。我只不过是越狱，逃出了英国最坚固的监牢，如此而已！只不过搭上一列火车，乘车逃之夭夭，如此而已！只不过乔装了一下，在乡间转悠，瞒过了所有的人，如此而已！不不！我不聪明。我是一头蠢驴，是的！我给你讲讲我的一两段小小历险记，你自己来判断好了！"

"好吧，好吧，"鼹鼠说着，向餐桌走去，"我一边吃一边听你讲好吗？打早饭以后，一口东西都没进肚啦！真够呛！真够呛！"他坐下来，随意吃着冷牛肉和酸泡菜。

蟾蜍两腿叉开站在炉毯上，爪子伸进裤兜，掏出一把银币。"瞧这个！"他大声说，卖弄着手里的银币，"几分钟就搞到这么多，不赖吧？鼹鼠，你猜我是怎么搞到的？卖马，就是这样！"

"讲下去，蟾蜍。"鼹鼠说，他很感兴趣。

"蟾蜍，安静些吧，求你！"河鼠说，"鼹鼠，别怂恿他讲下去，他的毛病，你不是不知道。既然现在蟾蜍回来了，请赶快告诉我们，目前情况如何，咱们该怎么办？"

"情况嘛，简直糟透了，"鼹鼠气呼呼地说，"至于该怎么办，鬼晓得！獾和我没日没夜围着那地方转，情况始终一样。到处都布了岗哨，枪口对准了我们，朝我们扔石头；随时随地都有一只动物在盯望，一看到我们，好家伙，你听听他们那个笑！那是最叫我恼火的了！"

"情况的确很不妙，"河鼠深深地沉思着，"不过我认为，我现在已经明白，蟾蜍该干什么。我说，他应该——"

"不，他不应该！"鼹鼠嘴里塞得满满的，大声喊道，"那绝对不行！你不明白。他该干的是——"

"哼，不管怎么说，那个我不干！"蟾蜍激动地喊道，"我才不听你们这些人调遣哪！现在谈论的是我的房子，该干什么，我自己清楚。我告诉你们，我要——"

他们三个一齐扯开嗓门儿说话，吵闹声震耳欲聋。这当儿，只听得一个尖细的、干巴巴的声音说："你们全都肃静！"霎时间，房里鸦雀无声。

说话的是獾。他刚吃完馅饼，在椅子上转过身来，严厉地望着他们三个。看到他们都在注意听，在等他发话时，他却掉转身去伸手取干酪。这位稳重可靠的动物在伙伴们当中享有很高的威望。他们再也不吭声，一直等他吃完干酪，掸掉膝上的碎屑。蟾蜍一个劲儿扭来扭去，躁动不宁，河鼠牢牢地把他按住。

獾吃完后，站起来，走到壁炉前，凝神思索。然后，他开腔了。

　　"蟾蜍！"他声色俱厉地说，"你这个调皮的小坏蛋！难道你不觉得害臊吗？你想想，要是你的父亲、我的那位老朋友今晚在这里，知道你都干了些什么，他会怎么说？"

　　蟾蜍正跷腿倚在沙发上，听到这话，侧身掩面，全身抖动，痛悔地抽泣起来。

　　"算啦，算啦！"獾接着说，语气稍为温和些，"没关系，别哭啦。既往不咎，重新开始吧，不过鼹鼠说的全是实情。白鼬们步步为营，而且他们是世上最精良的卫兵。正面进攻是绝对办不到的。咱们寡不敌众。"

　　"这么说，一切都完啦，"蟾蜍哽咽着说，把头埋在沙发靠垫里，痛哭起来，"我要报名当兵去，永不再见我亲爱的蟾宫了。"

"好啦好啦,小蟾儿,打起精神来!"獾说,"要收复一个地方,除了大举进攻,还有别的一些办法。我话还没说完哪。现在,我要告诉你们一个大秘密。"

蟾蜍慢慢地坐起来,擦干了眼泪。秘密对他总是有极大的吸引力,这是因为他从来保守不住任何秘密。每当他忠实地保证绝不泄密以后,他就把秘密告诉另一个动物。这种有罪的兴奋感,是他最喜欢的。

"有——一条——地下——通道,"獾一字一顿、意味深长地说,"从离我们这里不远的河边,一直通到蟾宫的中心。"

"谁说的,獾,没有的事!"蟾蜍颇为得意地说,"你是听信了酒店里那些人胡编乱造的话。蟾宫的里里外外,每一寸地方,我都了如指掌。我敢向你保证,根本没有什么地下通道。"

"我的年轻朋友,"獾非常严肃认真地说,"你的父亲,他是一位德高望重的动物——比我所认识的其他动物都要高尚。他和我是至交,曾经把他不愿让你知道的许多事告诉过我。他发现了那条通道——当然,不是他挖的,那是早在他来这里几百年以前就存在的——他把它修整了,清扫了。因为他想,也许有朝一日,遇到危难时,能派上用场。他领我去看过。他对我说:'别让我儿子知道,他倒是个好孩子,只是太轻浮,不稳重,嘴巴把不住关。要是日后他真的遇到麻烦,用得上通道时,再告诉他,但事先不要告诉他。'"

河鼠和鼹鼠盯着蟾蜍瞧,看他如何反应。蟾蜍起初有点儿恼意,可是很快就面露喜色。他就是这么一只脾气随和的动物。

"是啊,是啊,"他说,"也许我是有点儿多嘴多舌。我交友这么广,朋友们老是围着我转,一块儿开玩笑,说俏皮话,讲幽默故事,我就免不了有时多说两句。谁叫我天生有口才呢。人家说，我应该主持一个沙龙。先不说那个。讲下去，獾。你的这条通道，对我们有什么用？"

"最近我查访到一两个情况。"獾接着说，"我叫水獭冒充扫烟囱的，扛着笤帚，到后门口去讨活儿干。他了解到，明天晚上，蟾宫里要举行一个盛大的宴会，给什么人——大概是给那个黄鼠狼头头——做寿，所有的黄鼠狼都要聚集在宴会厅里，吃喝玩乐穷开心，要闹很长时间，刀剑、棍棒，任何一件武器都不会带！"

"可岗哨还会照样布置呀。"河鼠提醒说。

"对，"獾说，"这正是我想到的。黄鼠狼们完全信赖他们的那些精良的哨兵。所以，那条通道就派上用场了。那条极有用的地道，正好直通宴会厅隔壁的配膳室的地板底下！"

"啊哈！配膳室地上有块嘎吱嘎吱的地板！"蟾蜍说，"现在我全明白了！"

"咱们可以偷偷爬进配膳室——"鼹鼠喊道。

"带上手枪、刀剑和棍棒——"河鼠嚷道。

"——冲进去，直扑他们。"獾说。

"——把他们痛打一通，痛打一通，痛打一通！"蟾蜍喜不自胜地大喊，在房间里兜着圈子跑，从一张椅子跳到另一张椅子。

"那好，"獾说，又回到他一贯的干巴巴的态度，"咱们的方案就这么定了，你们再也无须争吵了。现在夜已深，你们都睡觉去。明天上午咱们再做必要的安排。"

蟾蜍自然也乖乖地跟着那两个上床去了——他知道拒绝是没用的——尽管他太兴奋了，毫无睡意。不过，他度过了一个漫长的白天，经历了成堆的事，床单被褥毕竟是非常亲切舒适的东西，何况不久前，他还在阴冷潮湿的地牢石板地上的稻草堆里睡过。所以，脑袋一沾枕头，他就幸福地打起鼾来。自然，他做了许多许多梦：梦见他正需要道路时，道路都从身边溜走了；梦见水渠在后面追他，并且抓住了他；梦见他正在大摆宴席，一只拖船驶进了宴会厅，船上满载着他一周要洗的脏衣服；梦见他孤零零一人在秘密通道里跋涉，那通道忽然扭曲了，转过身来，摇晃着坐直了，不过，末了，他到底还是平安胜利地回到了蟾宫，所有的朋友都围在身边，热情洋溢地赞扬说，他的确是一只聪明的蟾蜍。

第二天早上，他起床很迟，下楼时，发现别人都吃过早饭了。鼹鼠自个儿溜了出去，没说要上哪儿。獾坐在扶手椅上看报，对晚上要发生的事，半点儿也不关心。河鼠呢，却在屋里来回奔忙，怀里抱着各种各样的武器，在地上把它们分成四小堆，一边跑，一边上气不接下气兴奋地说"这把剑给河鼠，这把给鼹鼠，这把给蟾蜍，这把给獾！这支手枪给河鼠，这支

给鼹鼠，这支给蟾蜍，这支给獾！"等等，说得有板有眼，那四小堆就越长越高了。"你干得好倒是好，河鼠，"獾从报纸上抬眼望着那只忙碌的小动物，"我并不想责怪你。不过咱们这回是要绕开白鼬和他们的那些可恶的枪械。我断定，咱们用不着什么刀枪之类。咱们四个，一人一根棍子，只要进了宴会厅，不消五分钟，就能把他们全部清除干净。其实我一个人就能包下来，不过我不愿剥夺你们几个的乐子！"

"保险点儿总没坏处吧。"河鼠沉吟着说，他把一支枪筒在袖子上擦得锃亮，顺着枪管查看。

蟾蜍吃完早饭，拾起一根粗棍，使劲抡着，痛打想象中的敌人。"叫他们抢我的房子！"他喊道，"我要学习他们，我要学习他们！"

"别说'学习他们'，蟾蜍，"河鼠大为震惊地说，"这不是地道的英语。"

"你干吗老是挑蟾蜍的刺儿？"獾老大不高兴地说，"他的英语又怎么啦？我自己就那么说。要是我认为没问题，你也应该认为没问题！"

"对不起，"河鼠谦恭地说，"我只是觉得，应该说'教训'他们，而不是'学习'他们。"①

"可我们并不要'教训'他们，"獾回答说，"我们就是要'学习'他们——学习他们，学习他们！再说，我们正是要这样去做呀！"

"那好吧，就依你的。"河鼠说。他自己也给闹糊涂了。他缩到一个角落里，嘴里反复嘟囔着："学习他们，教训他

---

① 蟾蜍和獾的英语用词不当，把 teach（教训）说成了 learn（学习）。

们。教训他们，学习他们！"直到獾喝令他住口才罢。

不一会儿，鼹鼠翻着跟头冲进屋来，他显然很是得意。"我干得真痛快！"他说，"我把那些白鼬全惹恼了！"

"鼹鼠，但愿你刚才没有鲁莽行事！"河鼠担心地说。

"我也希望没有。"鼹鼠充满自信地说，"早上我去厨房，看看早点是不是热着，等蟾蜍起来好吃，忽然看见炉灶前的毛巾架上，挂着蟾蜍昨天回来时穿的那件洗衣妇的衣裳，我动了个念头。我把它穿上，又戴上帽子，披上大围巾，大摇大摆一直走到蟾宫大门口。那些哨兵自然拿着枪在把守大门，吆喝'来者何人'，还有那一套胡言乱语。'先生们，早上好！'我恭恭敬敬地说，'今儿个有衣服要洗吗？'

"他们瞪眼瞧我，又傲气又拘板，说，'滚开，洗衣婆！我们在执勤，没衣服要洗！'我说，'那我改天再来吧。'哈，哈，哈！蟾蜍，你看，我多逗！"

"你这个可怜的、轻浮的动物！"蟾蜍不屑地说。其实，他对鼹鼠刚才做的事忌妒得要命。那正是他自己想干的，可惜他事先没想到，睡懒觉睡过头了。

"有几个白鼬有点儿恼怒了，"鼹鼠接着说，"那个当班的警官冲我嚷道，'马上滚开，婆子，滚！我手下的人在值勤的时候不许聊天！''叫我滚？'我说，'只怕要不了多久，该滚的就不是我啦！'"

"哎呀，鼹鼠，你怎么可以这样说？"河鼠惊慌地说。

獾放下手里的报纸。

"我看到他们竖起耳朵，互相对看一眼。"鼹鼠接着说，"警官对他们说，'甭搭理她，她自己也不知道在胡说些什么。'

"'什么！我不知道？'我说，'好吧，我告诉你，我女儿是给獾先生洗衣服的，你说我知道不知道。而且你们很快也会知道的！就在今天晚上，一百个杀气腾腾的獾，提着来复枪，要从马场那边进攻蟾宫。满满六船的河鼠，带着手枪和棍棒，要从河上过来，在花园登陆；还有一队精心挑选的蟾蜍，号称敢死队，自命'不成功便成仁'，要袭击果园，扬言要报仇雪恨，见什么拿什么。等他们把你们扫荡一空，那时你们就没什么可洗的了，除非你们趁早撤出去！'说完我就跑开了。等到他们看不见我时，我就躲起来，然后沿着沟渠爬回来，隔着树篱偷瞄了他们一眼。他们全都慌作一团，四散奔逃，互相碰撞摔倒，人人都发号施令，可没一个人听。那个警官，不停地把一批批的白鼬派到远处，跟着又另派一批白鼬去把他们叫回来。我听见他们乱吵吵说：'都怪那些黄鼠狼，他们要在宴会厅里快活，大吃大喝，又唱又跳，寻欢作乐，却派我们在又冷又黑的屋外站岗放哨，临了还得被那些杀人不眨眼的獾剁成肉酱！'"

"哎呀，鼹鼠，你这头蠢驴！"蟾蜍嚷道，"你把一切全搞糟了！"

"鼹鼠，"獾用他那干巴巴的、平静的声调说，"我看，你一个小手指里的才智，比别的动物整个肥胖身子里的才智还要多。你干得太好了，我对你寄予很大希望。好鼹鼠！聪明的鼹鼠！"

蟾蜍忌妒得简直要疯了，他尤其弄不懂，鼹鼠这样干，怎么反倒聪明；不过幸好，对獾的讥讽，他还来不及发作和暴露自己，午饭的铃声就响了。

午饭简单但实惠——咸肉，大扁豆，外加通心粉布丁。吃完饭，獾安坐在一张扶手椅上，说："好啦，咱们今晚的工作步骤已经确定了，恐怕要很晚才能办完。所以，趁现在还有时间，我要打个盹儿。"说罢，他用一块手帕盖住脸，不一会儿就鼾声大作了。

性急而勤快的河鼠，立即又干起他的备战工作，在他那四小堆武器之间来回跑动，一面嘴里咕哝着"这根皮带给河鼠，这根给獾！"等等。新的装备不断增加，像是没有个完。鼹鼠呢，他挽着蟾蜍的臂，把他带到屋外，推进一张藤椅，要他原原本本讲自己的历险过程。这正是蟾蜍求之不得的。鼹鼠很善于倾听别人讲话，他不打岔，也不做不友好的评论，于是蟾蜍就海阔天空地神聊起来。其实，他所讲的，大部分属于那种"要是我早想到而不是十分钟以后才想到事情就会那样发生"的性质。既然那都是最精彩最刺激的历险故事，何不把它们和那些实际发生但不太够味儿的经历一样，也看成是我们的真实经历呢？

12

荣归故里

天快黑了，河鼠面露兴奋而诡秘的神色，把伙伴们召回客厅，让各人站到自己的一小堆军械前面，动手武装他们，来迎接即将开始的征战。他干得非常认真，一丝不苟，花去了好长时间。他先在每人腰间系一根皮带，皮带上插一把剑，又在另一侧插一把弯刀，以求平衡。然后发给每人一把手枪，一根警棍，几副手铐，一些绷带和胶布，还有一只杯子，一个盛三明治的盒子。獾随和地笑着说："好啦，鼠儿！这让你高兴，又于我无损。其实我只消用这根木棒，就能做我该做的一切。"河鼠只是说："请原谅，獾！我只是希望，事后你不责怪我，说我忘带什么东西！"

诸事准备就绪，獾一手提着一盏暗灯，一手握着他那根大棒，说："现在跟我来！鼹鼠打头阵，因为我对他很满意；河鼠其次；蟾蜍殿后。听着，小蟾儿！你可不许像平时那样唠叨，要不，一准把你打发回去！"

蟾蜍生怕给留下，只好一声不吭地接受指派给他的次等位置，四只动物便出发了。獾领着大伙儿沿河走了一小段路，然后，他突然攀住河岸，身子摆动几下，荡进了一个略高出水面的洞。看到獾进了洞，鼹鼠和河鼠也一声不响地荡进了洞。轮到蟾蜍时，他偏要滑倒，扑通一声跌进水里，还惊恐地尖叫一

188

声。朋友们拽他上来，把他从头到脚匆匆揉搓一遍，拧了拧湿衣服，安慰几句，扶他站起来。獾可真火了，他警告蟾蜍说，要是下次再出洋相，准定把他丢下。

　　他们终于进了那条秘密通道，真正踏上了突袭的捷径。地道里很冷，低矮狭窄，阴暗潮湿。可怜的蟾蜍禁不住哆嗦起来，一半由于害怕前面可能遇到的不测，一半由于他浑身湿透。灯笼在前面，离他很远，在黑暗中，他落到了后面。这时，他听到河鼠警告说"快跟上，蟾蜍！"，便猛地往前一冲，竟撞倒了河鼠，河鼠又撞倒了鼹鼠，鼹鼠又撞倒了獾，引起一阵大乱。獾以为背后遭到了袭击，由于洞内狭窄，使不开棍棒，便拔出手枪，正要朝蟾蜍射击。等真相大白后，他不禁大怒，说："这回，可恶的蟾蜍必须留下！"蟾蜍呜呜咽咽哭了起来，另两只动物答应，他们将负责照看好蟾蜍，让他好好表现，獾才消了气，队伍又继续前进。不过这回换了河鼠断后，他牢牢地抓住蟾蜍的双肩。

189

就这样，他们摸索着蹒跚前行，耳朵竖起，爪子按在手枪上。

最后獾说："咱们现在差不离到了蟾宫底下。"忽然，他们听到低沉的嘈杂声，似乎很远，但显然就在头顶上，像有许多人在喊叫，欢呼，在地板上跺脚，用拳头捶桌子。蟾蜍的神经质的恐惧又袭上心来，可獾只是平静地说："他们正闹腾哩，这群黄鼠狼！"地道这时开始向上倾斜，他们又摸索着走了一小段，然后，嘈杂声忽又出现，这回很清晰，很近，就在头顶上。"乌拉——乌拉——乌拉——乌拉！"他们听到欢呼声，小脚掌跺地板声，小拳头砸桌子时杯盘的叮当声。"瞧他们闹得多欢哟！"獾说，"来呀！"他们顺着地道疾走，来到地道的尽头，发现他们已站在通向配膳室的那道活门的下面。

宴会厅里的喧嚣响声震天，他们没有被听到的危险。獾说："好！弟兄们，一齐使劲！"他们四个同时用肩膀顶住活门，把它掀开，依次爬了上去。他们来到了配膳室，和宴会厅只隔着一道门，而敌人正在狂欢作乐，毫无觉察。他们从地道里爬出来时，喧闹声简直震耳欲聋。

后来，欢呼声和敲击声渐渐弱了，可以听出一个声音在说："好啦，我不打算多占你们的时间。（热烈鼓掌）不过，在我坐下之前，（又是一阵欢呼）我想为我们好心的主人蟾蜍先生说一两句好话。我们都认识蟾蜍！（哄堂大笑）善良的蟾蜍，谦恭的蟾蜍，诚实的蟾蜍！"（尖声哄笑）

"我非过去揍他不可！"蟾蜍咬牙切齿地低声说。

"再坚持一分钟！"獾说，好不容易才稳住蟾蜍，"大伙儿都做好准备！"

"我给你们唱一支小曲儿，"那声音又说，"这是我为蟾蜍编的。"（经久不息的掌声）接着，那个说话的黄鼠狼头子就吱吱喳喳尖着嗓子唱起来——

　　蟾蜍出门上大街

　　得意扬扬寻开心……

　　獾挺直了身子，两手紧紧攥着大棒，向伙伴们扫了一眼，喊道——

　　"到时候了，跟我来！"

　　他猛地把门推开。

　　好家伙！

　　满屋子的尖叫、吱喳、号啕！

　　四位好汉愤怒地冲进宴会厅，就在这可怕的一刹那，发生了一场大恐慌，吓得魂不附体的黄鼠狼们纷纷钻到桌子底下，没命地跳窗夺路而逃，白鼬们乱哄哄地直奔壁炉，全都挤在烟囱里动弹不得。桌子东倒西歪，杯盘摔得粉碎。力大无穷的獾，络腮胡子根根倒竖，手中的大棒在空中呼呼挥舞；脸色阴沉严峻的鼹鼠抡着木棒，高呼令人胆寒的战斗口号："鼹鼠来了！鼹鼠来了！"河鼠腰间鼓鼓囊囊塞满了各式武器，坚决果敢，奋不顾身地投入战斗；蟾蜍呢，由于自尊心受伤而发狂，身躯胀得比平时大出一倍，他腾空而起，发出癞蛤蟆那哇哇的怪叫，吓得敌人毛骨悚然、手脚冰凉。"叫你唱'蟾蜍寻开心'！"他大吼道，"我就要拿你们寻开心！"他向黄鼠狼头子直扑过去。其实他们才四个，可是那些惊慌失措的黄鼠狼觉得，整个大厅似乎满是可怖的动物，灰色的、黑色的、棕色的、黄色的，怒吼狂叫，挥舞着巨大无比的棍棒。

　　他们吓得魂飞魄散，恐怖地尖叫着，跳出窗子，蹿上烟

囱，四面逃窜，不管什么地方，只要能躲开那些可怕的棍棒。

战斗很快就结束了。四个朋友在大厅里上下搜索，只要一个脑袋露出来，就上去给他一棒。不出五分钟，屋里就被扫荡一空。惊恐万状的黄鼠狼在草地上逃窜时发出的尖叫声，透过破碎的窗子，隐隐传到他们耳中。地板上，横七竖八躺着几十个敌人，鼹鼠正忙着给他们戴上手铐。獾劳累了一场，靠在大棒上休息，擦着他那忠厚的额上的汗。

"鼹鼠，"他说，"你是好样的！劳你抄近道出去，瞧瞧那些白鼬守卫，看他们都在干什么。我估摸，由于你的功劳，咱们今晚不致受他们骚扰了。"

鼹鼠马上跳窗出去。獾指示另两个扶起一张桌子，从地上的残渣中拣出一些刀叉杯盘，又叫他们看看能不能找到一些食物，拼凑出一顿晚饭。"我需要吃点儿什么，真的，"他用惯常的语气说，"动弹动弹，蟾蜍，活跃起来！我们替你夺回了宅子，可你连块三明治也没招待我们哪。"蟾蜍心里有些委屈，因为獾没有像对鼹鼠那样赞扬他，没有说他是好样的，战斗得很英勇。因为他对自己的表现颇为得意，特别是他冲那黄鼠狼头子直扑过去，一棍子将他打到桌子那边去了。不过，他还是和河鼠一道四下里搜寻，不一会儿，他们就找到一玻璃碟子的番石榴酱、一只冷鸡，一盘还没怎么动过的口条①，一些葡萄酒蛋糕，不少的龙虾沙拉。在配膳室里，他们发现了一篮子法式面包卷，一些奶酪、黄油和芹菜。他们刚要坐下来开吃，就见鼹鼠抱着一堆来复枪，咯咯笑着从窗口爬进来。

"据我看，全结束啦，"他报告说，"那些白鼬本来就惊

①tongue，用作食品的猪舌或牛舌。

惶不安，一听到大厅里的叫嚷骚动声，有的就扔下来复枪逃之夭夭。另一些坚守了一会儿，可当黄鼠狼朝他们奔来时，他们以为自己被出卖了。于是白鼬揪住黄鼠狼不放，黄鼠狼拼命想挣脱逃跑，互相扭打在一起，用拳头狠揍对方，在地上滚来滚去，多数都滚到了河里！现在他们不是跑了就是掉进河里，全都不见了。我把他们的来复枪都弄回来了。所以，那个方面，全妥啦！"

"太好了，顶顶了不起！"獾说，嘴里塞满了鸡肉和葡萄酒蛋糕，"现在，鼹鼠，我只求你再办一件事，然后就坐下来和我们一道吃晚饭。我本不想再麻烦你，可托你办事，我能放心。我希望对我认识的每个人都能这样说就好了。河鼠若不是一位诗人，我会差他去的。我要你把地板上躺着的这些家伙带到楼上，命他们把几间卧室打扫干净，收拾妥帖。叫他们务必扫床底下，换上干净的床单枕套，掀开被子的一角，该怎么做，你知道的。每间卧室里备好一罐热水，干净毛巾，新开包的肥皂。然后，要是你想解解气，可以给他们每人一顿拳脚，再撵出后门。我估摸，今后没有一个家伙再敢露面了。完事之后，就过来吃点儿这种冷口条。这可是头等美味。我对你非常满意，鼹鼠！"

好性子的鼹鼠拾起一根棍子，把他的俘虏们排成一行，命令他们"快步走"，把他的一小队人马带上楼去了。过了一阵子，他又下来，微笑着说，每间房都准备好了，打扫得干干净净。他又说："我用不着揍他们，总的来说，我想他们今晚挨揍挨够了。我把这话告诉他们，他们表示同意，说再也不骚扰我们了。他们很懊悔，对过去的所作所为深感歉疚，说那是黄鼠狼头子和白鼬的错，又说如果今后可以为我们出力，将功补过，我们只消言语一声。所以，我给了他们一人一个面包卷，放他们出后门，他们就一溜烟似的溜啦。"

说罢，鼹鼠把椅子拉到餐桌旁，埋头大嚼起冷口条来。蟾蜍呢，到底不失绅士风度，把一肚子忌妒抛在一边，诚心诚意地说："亲爱的鼹鼠，实在谢谢你啦，感谢你今晚的辛苦劳累，特别要感谢你今早的聪明机智！"獾听了很高兴，说："我勇敢的蟾蜍说得好啊！"于是，他们欢天喜地心满意足地吃完了晚饭，立刻上楼，钻进干净的被窝，睡觉去了。他们安安稳稳地睡在蟾蜍祖传的房子里，这是他们以无比的勇气、高超的韬略和娴熟地运用棍棒夺回的。

第二天早上，蟾蜍照例睡过了头，下楼来吃早饭时，晚得不成体统。他发现，桌上只剩下一堆蛋壳，几片冰凉的发皮了的烤面包，咖啡壶里空了四分之三，别的就没什么了。这叫他挺来气，因为不管怎么说，这是他自己的家呀！透过餐厅的法式长窗，他看见鼹鼠和河鼠坐在草坪里的藤椅上，笑得前仰后合，两双小短腿在空中乱踢蹬，分明是在讲故事。獾呢，他坐在扶手椅上，聚精会神在读晨报。蟾蜍进屋时，他只抬眼冲他

点了点头。蟾蜍深知他的为人，只好坐下来，凑合着吃一顿算了，只是暗自嘟囔着，早晚要跟他们算账。他快吃完时，獾抬起头来，简短地说："对不起，蟾蜍，不过今天上午你恐怕会有好些活儿要干。你瞧，咱们应该马上举行一次宴会，来庆祝这件大事。这事必须你来办，这是规矩。"

"嗯，好吧！"蟾蜍欣然答道，"只要你高兴，一切遵命。只是我不明白，举行宴会为什么非得在上午不可。不过，我这个人活着，不是为自己过得快活，而只是为了知道朋友们需要什么，尽力去满足他们，你这亲爱的老獾头哟。"

"别装傻了，"獾不高兴地说，"而且，不要一边说话，一边把咖啡喝得吱吱喳喳响，这不礼貌。我是说，宴会当然要在晚上举行，可是请柬得马上写好发出去，这就得由你来办。现在就坐到那张书桌前——桌上有一沓信笺，信笺上印有蓝色和金色的'蟾宫'字样——给咱们所有的朋友写邀请信。要是你不停地写，那么在午饭前，咱们就能把信发出去。我也要帮忙，分担部分劳务，宴会由我来操办。"

"什么！"蟾蜍苦着脸说，"这么美好的早晨，要我关在屋里写一堆劳什子的信！我想在我的庄园里四处转转，整顿整顿所有的东西，所有的人，摆摆架子，痛快痛快！不干！我要——我要看——不过，等一等，当然我要干，亲爱的獾！我自己的快乐或方便，比起别人的快乐和方便，又算得了什么！既然你要我这么办，我照办就是。獾，你去筹备宴会吧，随你想预订什么菜都行。然后到外面去和我们的年轻朋友们一道说说笑笑，忘了我，忘了我的忧愁和劳苦吧！为了神圣的职责和友谊，我甘愿牺牲这美好的早晨！"

獾疑惑地望着蟾蜍，可蟾蜍那直率坦诚的表情，很难使他想到这种突然转变的背后，会有什么不良的动机。于是他离开餐厅，向厨房走去。门刚关上，蟾蜍就急忙奔书桌去。他一定要写邀请信，一定不忘提到他在那场战斗中所起的主导作用，提到他怎样把黄鼠狼头子打翻在地；他还要略略提到他的历险，他那战无不胜的经历，有多少可说的呀。在请柬的空白页上，他还要开列晚宴的余兴节目——他在脑子里打着这样一个腹稿：

讲演／蟾蜍作

（晚宴期间，蟾蜍还要作其他讲话）

致词／蟾蜍作

学术报告：我们的监狱制度——古老英国的水道——马匹交易及其方法——财产、产权与义务——荣归故里——典型的英国乡绅

歌曲／蟾蜍演唱

（本人自编）

其他歌曲／蟾蜍演唱

在晚宴期间由词曲作者本人演唱

这个想法，使他大为得意，于是他努力写信，到中午时分，所有的信都写完了。这时，有人通报说，门口来了一只身材瘦小衣着褴褛的黄鼠狼，怯生生地问他能不能为先生们效劳。蟾蜍大摇大摆地走出去瞧，原来是头天晚上被俘的一只黄鼠狼，现在正毕恭毕敬地巴望讨他的欢心哩。蟾蜍拍了拍他的脑袋，把那一沓子邀请信塞在他爪子里，吩咐他抄近道，火速把信送出去。要是他愿意晚上再来，也许给他一先令酬劳，也

许没有。可怜的黄鼠狼受宠若惊，匆匆赶去执行任务了。

另外三只动物在河上消磨了一上午，欢欢喜喜谈笑风生地回来吃午饭。鼹鼠觉得有些对不住蟾蜍，不放心地望着他，生怕他会是一脸愠色、郁郁不乐。谁知，蟾蜍竟是一副盛气凌人、趾高气扬的样子。鼹鼠不禁纳闷儿，感到其中必有缘由。河鼠和獾，则会心地互换了一下眼色。午饭刚吃完，蟾蜍就把双爪深深插进裤兜，漫不经心地说："好吧，伙计们，你们自己照顾自己吧，需要什么，只管吩咐！"说罢，就大摇大摆朝花园走去。他要在那里好好构思一下今晚的演说内容。这时，河鼠抓住了他的胳膊。

蟾蜍立刻猜到河鼠的来意，想要挣脱；可是当獾紧紧抓住他的另一只胳臂时，他明白，事情败露了。两只动物架着他，带到那间通向门厅的小吸烟室，关上门，把他按在椅子上。然后，他俩都站在他面前，蟾蜍则一言不发地坐着，心怀鬼胎，没好气地望着他们。

"听着，蟾蜍，"河鼠说，"是有关宴会的事。很抱歉，我不得不这样跟你说话。不过，我们希望你明白，宴会上不搞讲演，不搞唱歌。你要放清醒些，我们不是和你讨论，而是通知你这个决定。"

蟾蜍知道，自己落进了圈套。他们了解他，把他看得透透的。他们抢在了他头里。他的美梦破灭了。

"我能不能就唱一支小歌？"他可怜巴巴地央求道。

"不行，一支小歌也不能唱，"河鼠坚定地说，尽管他看到可怜的蟾蜍那颤抖的嘴唇，也怪心疼的，"那没好处，小蟾儿。你很清楚，你的歌全是自吹自擂，你的讲话全是自我炫耀，全是——全是——全是粗鄙的夸张，全是——全是——"

"胡吹。"獾干脆地说。

"小蟾儿,这是为你好啊,"河鼠继续说,"你知道,你早晚得洗心革面,而现在正是重整锣鼓另开张的大好时机,是你一生的转折点。请相信,说这话,我心里也不好受,一点儿不比你好受。"蟾蜍沉思了良久。最后,他抬起头,脸上显出深深动情的神色。"我的朋友们,你们赢了,"他断断续续地说,"其实,我的要求很小很小,只不过是让我再尽情表现和发挥一个晚上,让我放手表演一番,听听那雷鸣般的掌声,因为我觉得,那掌声似乎体现了我最好的品德。不过,你们是对的,而我错了。从今以后,我一定要重新做人。朋友们,你们再也不会为我脸红了。唉,老天爷,做人真难哪!"

说完,他用手帕捂住脸,踉踉跄跄地走出房间。

"獾,"河鼠说,"我觉得自己简直是个狠心郎,不知道你感觉怎样?"

"是啊,我明白,我明白,"獾忧郁地说,"可我们非这样做不可。这位好好先生必须在这儿住下去,站稳脚跟,受人尊敬。难道你愿意看着他成为大伙儿的笑柄,被白鼬和黄鼠狼奚落吗?"

"当然不,"河鼠说,"说到黄鼠狼,那只给蟾蜍送信的小黄鼠狼,碰巧被咱们遇上了,真够运气的。我从你的话里,猜到这里准有文章,就抽查了一两封信。果然,那些信简直写得活现眼。我把它们全没收了,好鼹鼠这会儿正坐在梳妆室里,填写简单明了的请柬哩。"

举行宴会的时间快到了。蟾蜍一直远离朋友们,独自躲到他的卧室里,这时还坐在那儿,闷闷不乐,苦苦思索。他用爪子撑住额头,久久地凝想。渐渐地,他面色开朗起来,脸上缓缓露出笑意。然后，他有点儿害羞地、难为情地咯咯笑了起来。末了，他站起来，锁上房门，拉上窗帘，把房里所有的椅子摆成一个半圆形，自己立在正前方，身子胀得鼓鼓的。然后，他鞠了一躬，咳了两声，对着想象中的、兴高采烈的观众，放开嗓子唱起来。

蟾蜍的最后一支小歌

蟾蜍——回来啦！
客厅里，惊恐万状，
门厅里，哀号成片，
牛棚里，哭声不绝，
马厩里，尖叫震天。

蟾蜍——回来啦！
蟾蜍——归来——的时候，
碎窗破门而入，
黄鼠狼遭追击，
纷纷晕倒在地。

当蟾蜍——回来——的时候！
鼓声响咚咚！
号角齐鸣，士兵欢呼，
炮弹横飞，汽车嘟嘟，
当——英雄——归来！

欢呼呀——乌拉!
让人人高声欢呼,
向备受尊崇的动物致敬,
因为这是蟾蜍——盛大的——节日!

蟾蜍歌声嘹亮,唱得热情洋溢,感情充沛。一遍唱完,又从头唱了一遍。

然后,他深深叹了口气,很长很长很长的一口气。

然后,他把发刷浸在水里打湿,把头发从中分开,垂在面颊两边,用刷子刷得平塌塌、光溜溜的。他开了门锁,静静地走下楼,去迎接宾客们。他知道,他们一定都聚集在客厅里了。

他进来的时候,所有的动物都高声欢呼,围拢来祝贺他,说许多好话赞美他的勇敢、聪明和战斗精神。蟾蜍只是淡淡地笑笑,低声道:“没什么!”或者换个说法:“哪里,正相反!”水獭正站在炉毯上,对一群贵客描述,假如他当时在场,会怎样做。看到蟾蜍,他大叫一声跑过来,甩开两臂,一把搂住他的脖子,要拉他在屋里凯旋式地绕场一周。可是蟾蜍温和地表示不屑,挣脱了他的双臂,婉转地说:“獾才是出谋划策的主帅,鼹鼠和河鼠是战斗的主力军,而我,只不过是行伍里的一名小卒子,干得很少,可以说没干什么。”蟾蜍这种出人意外的表现,使动物们大惑不解,不知所措。当蟾蜍走到客人面前,做出谦虚的表示时,他觉得,自己成了每位客人深感兴趣的目标。

獾把一切安排得尽善尽美,晚宴获得了巨大成功。动物们欢声笑语不绝。可是整个晚上,端坐主位的蟾蜍,却始终双眼低垂,目不斜视,对左右两侧的动物,低声说些无关痛痒的客套话。

他偶尔偷瞄獾和河鼠一眼。这时，他俩总是张大嘴巴，互相对视一下，这使蟾蜍深感快意。晚宴进行到一定时候，一些年轻活泼的动物就交头接耳，说这回晚会不像往年开得那么热闹有趣。

有人敲桌子，喊道："蟾蜍，讲话呀！蟾蜍来段演说呀！唱支歌呀！蟾蜍先生来支歌呀！"可蟾蜍只是轻轻地摇摇头，举起一只爪子，温和地表示反对，只一个劲儿劝客人们多进美食，和他们聊家常，关切地问候他们家中尚未成年不能参加社交活动的成员，设法让他们知道，这次晚宴是严格遵照传统方式进行的。

蟾蜍真的变了！

这次盛会之后，四只动物继续过着欢快惬意的生活，这种生活曾一度被内战打断，但以后再也没有受到动乱或入侵的干扰。蟾蜍和朋友们商量后，选购了一条漂亮的金项链，配有一只镶珍珠的小匣子，外加一封连獾也承认是谦虚知恩的感谢信，差人送给狱卒的女儿。火车司机也因他付出的辛劳和遭到的风险，得到了适当的酬谢和补偿。在獾的严厉敦促下，就连那位船娘，也费了颇大周折找到，适当地赔偿了她的马钱。尽管蟾蜍对此暴跳如雷，极力申辩说，他是命运之神派来惩罚那个臂上长色斑的胖女人的，因为她明明面对一位绅士，却有眼不识泰山。酬谢和赔偿的总额，说实在的，倒也不算太高。那吉卜赛人对马的估价，据当地评估员说，大体上符合实际。

在长长的夏日黄昏，四位朋友有时一起去野林散步。野林现在已被他们整治得服服帖帖了。他们高兴地看到，野林居民

们怎样恭恭敬敬向他们问好，黄鼠狼妈妈们怎样教导她们的小
崽子，把小家伙们带到洞口，指着四只动物说："瞧，娃娃！
那位是伟大的蟾蜍先生！他旁边是英勇的河鼠，一位无畏的战
士。那一位，是著名的鼹鼠先生，你们的父亲常说起的！"要
是娃娃们使性子，不听话，妈妈们就吓唬说，要是他们再闹，
再烦人，可怕的大灰獾就会把他们抓走。其实，这是对獾的莫
大诬蔑，因为獾虽不大喜欢同人交往，却挺喜欢孩子的。不
过，黄鼠狼妈妈这样说，总是很奏效的。